沒有女人的男人們

女のいない男たち

村上春樹

賴明珠 譯

目次

Drive My Car

到目前爲止，家福坐過幾次女人開的車，在他眼裡看來，女人的開車模樣大致可分兩種。一種是有點過於亂開，一種是有點過分謹慎，二者之一。後者比前者——我們可能應該慶幸——多得多。一般說來，女性駕駛比男性駕駛要小心、謹慎。當然沒有理由抱怨小心而謹慎的駕駛。不過那開車模樣，有時可能會讓周圍駕駛的人很火大。

另一方面屬於「亂開」這邊的女駕駛，看來多半相信「自己的開車技術很高明」。她們往往瞧不起那些過於謹慎的女駕駛，並對自己不是這樣而引以自豪。但當她們大膽變換車道時，似乎沒怎麼留意到，周圍總有幾個駕駛會邊嘆氣，或口中邊罵著令人不敢恭維的粗話，還幾分用力地踩著煞車。

當然也有都不屬於這兩者的人。她們既不過於亂開，也不過於謹慎，而是極普通地開車的女人。其中也有開車技術很高明的女人。不過即使這樣，家福不知怎麼還是經常會從她們身上感受到緊張的氣氛。雖然無法具體指出什麼地方怎麼樣，不過坐在副駕駛座時，那種「不圓滑」的空氣就會傳過來，讓他無法安心。喉嚨一陣焦渴，或爲了打破沉默，而多餘地說起無聊的話題。

當然男人中也有開車技術高明的人，和不高明的人。不過他們開車多半不會讓人感覺到那種緊張。其實他們並沒有特別放鬆。實際上，可能也很緊張。不過他們似乎能把那緊張感和自己的現實狀況很自然地——也許是無意識地——分開。一邊專心開車，另一邊則極平常地閒聊、活動著。好像這邊是這邊，那邊是那邊似的。家福並不知道那種差別是怎麼產生的。

在日常層面，他不太會想到男人和女人的差別。也幾乎沒感覺到男女能力的差別。家福因為職業的關係，幾乎和相同人數的男女對象工作，跟女人一起工作時反而比較安心。她們多半會很注意細節，而且耳朵也好。但唯有以開車來說，坐女人開的車時，他經常會意識到身旁握著方向盤的是女人的事實。不過這種意見他從來沒對誰說過。因為他想這似乎不是適合在人前開口的話題。

因此當他提到想找專屬司機，而保養廠的經理大場先生向他推薦年輕女司機時，家福臉上無法露出多高興的表情。大場看在眼裡微笑了。好像在說，我了解你的心情。

「不過，家福先生，這女孩的駕駛技術很可靠喔。這點我可以保證不會錯。要不要見個面再說怎麼樣？」

「好啊。既然你這麼說。」家福說。他需要早一天擁有司機，而且大場又是可以信任的人。他們來往已經十五年了。頭髮像鐵絲般硬，相貌令人聯想到小鬼的男人，但關於汽車的事順從他的意見，準沒錯。

「爲了慎重起見我想先看看車輪定位，如果沒問題，後天下午兩點應該可以把車子以完美狀態交車。我會讓她本人在那個時間來，你不妨讓她在這附近試開一下，看看怎麼樣？如果你不中意，就直說，完全不必顧慮我。」

「年紀大概多大？」

「我想大概是二十五左右。不過沒特地問過。」大場說。然後稍微皺一下眉。「只是剛才也說過了，駕駛技術完全沒問題，但是……」

「但是？」

「但是，怎麼說好呢，有點乖僻。」

「怎麼呢？」

「不愛理人，不說話，老愛抽菸。」大場說。「我想你見了面就知道，不是那種可愛女孩的類型。幾乎從來不笑。而且老實說，有點不懂風趣。」

「那沒關係。長得太美反而令人無法鎮定，如果傳出什麼也傷腦筋。」

「那麼，可能正合適也不一定。」

「不管怎麼樣，開車技術沒問題吧？」

「這方面確實很好。不只是以女性來說，反正就是很高明。」

「現在在做什麼工作？」

「這我也不太清楚。好像是在便利商店當收銀員，或爲宅配當司機。這類短期打工混飯吃。那種如果有其他條件比較好的機會，隨時都可以辭掉的工作。有朋友介紹，曾經到我這裡來問過，我這裡生意也沒多好，沒有餘裕請新人。偶爾有需要時會叫她來幫忙而已。不過我覺得是個很認眞的孩子。至少酒完全不沾。」

提到飲酒的話題，讓家福臉色暗下來。右手指自然伸到唇邊。

「後天兩點見個面看看。」家福說。不愛理人，不說話，不可愛的情況引起他的興趣。

兩天後的下午兩點，黃色SAAB900敞篷車修理完畢。右前方凹入部分修過復原了，油漆也仔細修補得幾乎看不出痕跡。引擎檢查整理過，排檔重新調整過，煞車片和雨刷片都換新。車子洗過，輪框刷過，打過蠟。就像平常那樣，大場的工作沒得挑剔。那部SAAB家福已經繼續開了十二年，里程超過十萬公里。帆布頂篷也已經逐漸軟趴下來。下大雨的日子必須注意縫隙間的漏水。但目前他還不打算換新車。從來沒發生過大問題，更重要的是他個人非常喜愛這輛車。無論夏天或冬天他都喜歡敞開頂篷來開車。冬天他寧願穿上厚大衣脖子圍起圍巾，夏天則戴帽子戴深色太陽眼鏡，握方向盤。邊享受著變換低速檔高速檔，邊在都內的道路間移動，等紅綠燈之間則優閒地眺望天空。觀察漂流的雲，和停在電線上的鳥。那些是他的生活樣式中不可或缺的一部分。家福慢慢繞著SAAB的周圍一圈，就像在賽馬之前確認馬的身體狀況的人那樣，仔細檢查著各個細部。

那輛車以新車買進來時，妻子還在世。車身顏色的黃色就是她挑選的。剛開始幾年兩個人經常一起去兜風。因爲妻子不開車，所以都由家福握方向盤。他們也出過幾次遠門。到過伊豆、箱根和那須。但後來的將近十年幾乎經常都是他一個人開車。妻子死後，雖然和幾個女人交往過，但不知怎麼，一次都沒有機會讓她們坐上副駕駛座。除了工作上有必要之外，也完全不再有開出都外的情況了。

「畢竟有好些地方出現了一些毛病，不過還不成問題。」大場彷彿在撫摸著大型狗的頭那樣，用手掌溫柔地搓磨著儀表板說。「這是一款可以信賴的車子喔。這時代的瑞典車，製造得相當扎實。電氣系統不需要操心，基本機械結構沒有任何問題。而且一直很仔細地保養著啊。」

家福在必要的文件上簽過字，在收下保養費帳單明細時，那個女孩子來了。身高約一六五公分，不胖，但肩膀寬，體格結實。右邊脖子上有一塊像大橄欖般大小的橢圓形紫色斑，她對露出那個似乎不太在意的樣子。把漆黑濃厚的頭髮往後綁起以免礙事。她可能從任何觀點來看都無法稱得上美，而且正如大場所說的，臉上表情非常冷漠。臉頰上還留下少許青春痘的痕跡。大大的眼睛，眼珠黑白分明，但多少露出疑心很重的神色。因爲眼睛大，看來更加深了那神色。兩耳又寬又大，看來就像在偏僻地方所豎立的收訊裝置般。以五月來說，她身上穿的是有點過厚的綾織男裝夾克，茶色棉長褲，CONVERSE黑色帆布鞋。夾克裡是白色長袖T恤衫，胸部算相當大。

大場介紹過家福。說她姓渡利。名叫渡利美沙紀。

「美沙紀是平假名的みさき。如果有需要我可以準備履歷表。」她以聽起來略帶挑戰意味的口氣這麼說。

家福搖搖頭。「現在不需要用到履歷表。妳可以開手排檔對嗎？」

「我喜歡手排檔。」她以冷冷的聲音說。好像一個堅定的素食主義者被問到能不能吃萵苣時那樣。

「因爲是舊車子，所以也沒有附導航系統。」

「沒必要。我做過一陣子宅配的工作。都內各地區都記在腦子裡。」

「那麼就在這附近試開看看好嗎？天氣很好讓頂篷開著。」

「要到哪裡去?」

家福考慮了一下。現在所在的位置是四橋附近。「在天現寺的十字路口右轉，把車子停進明治屋的地下停車場，在那裡買一點東西，然後往有栖川公園的方向上坡，經過法國大使館前面進入明治通。然後回到這裡。」

「我明白。」她說。並沒有一一確認道路順序。然後向大場拿到車鑰匙，就快速調整好座椅位置和鏡子方向。什麼地方有什麼按鍵，她似乎都瞭若指掌。踩著離合器踏板，試著變換過每一檔。從夾克胸前口袋拿出**Ray-Ban**綠色太陽眼鏡戴上。然後轉向家福輕輕點頭。表示準備好了。

「卡式錄音帶。」她看過音響設備自言自語似地說。

「我喜歡卡式錄音帶。」家福說。「比CD容易操作。也可以練習臺詞。」

「好久沒看到了。」

「我開始開車的時候，是匣式的。」家福說。

美沙紀什麼也沒說，從表情看來可能不知道匣式是什麼樣的東西。

正如大場所保證的那樣，她是個優秀的司機。經常保持駕駛操作的平穩，完全沒有不順的地方。路況很塞，等紅綠燈的地方也多，但她似乎留意保持一定的引擎轉速。看她視線的動向就知道。不過一旦閉上眼睛之後，家福就幾乎感覺不到她來回換檔的情況了。側耳傾聽引擎聲的變化，才好不容易能分辨不同的檔位。加油和踩煞車方式也都小心放緩。而最難得的是，這女孩開車時始終都是放鬆的。她與其不開車的時候，不如開車的時候比較不緊張。表情的冷漠減輕了些。眼神也稍微溫柔了些。只是話少這點並沒有改變。只要不問她，她就不開口。

不過家福倒不太在乎這一點。他平常也不擅長談話。雖然不討厭和知心的對象談有內容的話題，但除此之外不如保持沉默。他坐在副駕駛座，恍惚地望著路上通過的風景。對平常總是坐在駕駛座握著方向盤的他來說，從這個視點所看到的街景讓他感到新鮮。

在交通量多的外苑西通，試著讓她在路邊停車幾次，她也很有要領地正確停妥車子。這女孩感覺靈敏，運動神經也敏銳。她在等長時間紅綠燈之間抽了菸。Marlboro好像是她喜歡的品牌。燈一轉綠，立刻把菸熄滅。正在開車時不抽菸。菸蒂並沒沾上口紅。也沒擦指甲油。看來幾乎沒化任何妝。

「我想先問妳幾個問題。」家福在有栖川公園一帶這樣說。

「請問。」渡利美沙紀說。

「妳是在什麼地方學會開車的？」

「我生長在北海道的山裡。從十五歲左右就開始開車。那是個沒有車子就無法生活的地方。山谷裡的小村子，太陽都照不太到，一年有將近一半時間道路是結冰的。開車技術無論如何都會變好。」

「不過在山裡無法練習路邊停車吧？」

她沒回答這問題。可能覺得是沒必要回答的愚蠢問題吧。

「有沒有聽大場先生提到，我爲什麼急需請司機？」

美沙紀一邊筆直注視著前方，一邊以缺乏高低變化的聲音說：「家福先生是演員，現在每星期六、日，在舞臺上演出。自己開車前往。不喜歡搭地下鐵和計程車。因爲想在車上練習臺詞。不過上次因爲喝了一點酒，加上視力也有問題，所以發生擦撞事故，駕照被吊銷。」

家福點點頭。好像在聽別人所做的夢似的。

「我去接受警察指定的眼科醫師檢查，發現有青光眼症狀。視野中好像有盲點。在右邊角落。以前完全沒注意到。」

酒駕方面，因爲酒精含量並不算高，所以就內部處理了，消息並沒有傳到媒體。但視力問題方面，事務所也不能忽視。如果放著不管的話，從右後方接近的車輛有可能進入死角而沒看到。因此宣告除非複檢結果改善，否則絕對不許自行開車。

「家福先生，」美沙紀問：「我可以稱呼您家福先生嗎？這是本姓嗎？」

「是本姓啊。」家福說：「雖然是很吉利的姓，不過好像並沒有帶來利益。我們家的親戚沒有一個稱得上是有錢人的。」

沉默了一會兒。然後家福告訴她以專屬司機可以支付給她的月薪金額。不是很大的金額，不過這是家福所屬事務所能支付的限度。雖然家福的名字某種程度在社會上算是知名的，但並不是在電影或電視上能當主角的演員，在舞臺劇上能賺的錢有限。以他這個等級的演員來說，雖然只限定幾個月，但雇用專屬司機本身已經是例外的奢侈了。

「上班時間會因爲演出時間的不同而改變，不過最近以舞臺爲主，所以基本上上午沒有工作。可以睡到中午。晚上最遲十一點也會結束。如果更晚的時間要用車的話我會搭計程車。每週可以讓妳休息一天。」

「這樣就很好了。」美沙紀很乾脆地說。

「工作本身我想不會太辛苦。比較難過的可能反而是什麼都不做的待命時間。」

美沙紀對這點什麼也沒說。只是緊緊閉著嘴唇。一副過去她經驗過數不清比這更辛苦的事似的表情。

「頂篷打開時抽菸沒關係。但頂篷關起來時希望不要抽。」家福說。

「我知道了。」

「妳有什麼希望嗎?」

「沒有。」她瞇細眼睛，慢慢吸進空氣一邊降低排檔。然後說：「因爲我喜歡上這輛車了。」

以後的時間兩人在無言中度過。回到汽車修理廠，家福把大場叫到旁邊告訴他說：「我決定雇用她了。」

從第二天開始，美沙紀就當起家福的專屬司機。下午三點半她到家福位於惠比壽的公寓大廈，把停在地下停車場的黃色SAAB開出來，送他到位於銀座的劇場。如果沒下雨，就讓頂篷敞開。去程的路上，家福經常坐在副駕駛座上一邊聽著卡式錄音帶，一邊配合著朗讀臺詞。這是由安東・契訶夫的《凡尼亞舅舅》改編成以日本明治時代爲背景的舞臺劇。他飾演凡尼亞舅舅的角色。雖然他已經把全部臺詞都背起來了，但爲了讓心情鎮定下來，每天還是有必要複誦臺詞。這已經成爲他長久以來的習慣了。

回程時則經常聽貝多芬的弦樂四重奏。他會喜歡貝多芬的弦樂四重奏曲是因爲，那基本上是聽不膩的音樂，而且邊聽邊想事情，或完全不想什麼，都適合。如果想聽輕一點的音樂時，他會聽古老的美國搖滾樂。Beach Boys、Rascals、Creedence Clearwater Revival (CCR)、Temptations。家福年輕時流行的音樂。美沙紀對家福所播的音樂並沒表示什麼感想。她喜歡這些音樂嗎？或聽得很痛苦？或完全沒在聽？家福都無法判斷。她是個感情動向不外露的女孩。

平常如果有人在旁邊他會緊張，根本無法出聲練習臺詞，但他卻不在意美沙紀的存在。在這層意義上，家福反而慶幸她的面無表情和冷漠。他在旁邊無論多大聲念臺詞，她都表現得像完全沒聽進耳裡。或許眞的什麼都沒聽進去。她經常全神貫注在駕駛上。或沉浸在因駕駛所帶來特殊的禪的境界。

家福看不出，美沙紀個人對他是怎麼想的。連她是否稍微懷有好感，或完全沒興趣也不關心，或厭惡得噁心的地步，只因需要工作所以勉強忍耐，都不得而知。但不管她怎麼想，家福都不擔心。他喜歡這女孩子平滑而確實的駕駛，也喜歡她不多廢話，感情不外露的地方。

舞臺落幕後，家福會立刻卸妝，換衣服，迅速離開劇場。不喜歡拖拖拉拉地留下來。也幾乎不跟其他演員私下交往。他用手機聯絡美沙紀，讓她把車子開到後臺出口。他走出去時，黃色SAAB敞篷車已經等在那裡了。然後十點半一過他已經回到惠比壽的大廈裡。幾乎每天都這樣重複。

有時也有其他工作進來。爲了電視連續劇的錄影，他每星期必須到都內的電視臺去一次。雖然是平凡的刑警劇，但收視率很高，收入也高。他扮演的是協助女主角刑警的算命先生。爲了演好那個角色，好幾次他都變裝後實際到街上去，眞的當算命師爲路人算命。甚至得到很準的評語。傍晚錄影完畢，接著就趕到銀座的劇場去。這個部分最冒險。週末日場結束後，他在演員訓練學校有教導演技的夜間課程。家福喜歡指導年輕人。這些接送也都由她負責。美沙紀沒有任何問題，都能依照預定計畫把他送到每個地方，家福也習慣坐在她開的SAAB車副駕駛的座位。有時甚至睡得很熟。

天氣開始轉暖之後，美沙紀脫下綾織的男用夾克，換成夏天的薄夾克。開車時，她總是一定穿著其中的一種夾克。可能當成司機制服吧。到了梅雨季，車篷關閉的時候多起來。

家福坐在副駕駛座時，經常會想起去世的妻子。美沙紀擔任司機之後，他不知怎麼更頻繁地想起妻子的事。妻子也是演員，比他小兩歲，是個容貌美麗的女人。家福大體上被稱爲「性格演員」，派給他的角色也多半是有點怪癖的配角。臉有點過於細長，頭髮從年輕時候就開始變薄。不適合演主角。跟他比起來，妻子則是正統美女演員，分到的角色和收入也相當。不過隨著年齡的增加，他反而以有個性的演技派取勝，開始獲得世間較高的評價。雖然如此，兩人彼此依然互相肯定對方的地位，從來沒有因爲人氣或收入的不同而成問題過。

家福愛她。從第一次見到她開始（他二十九歲），心就強烈地被她吸引。到妻子死掉爲止（他當時四十九歲）依然沒變心。結婚後，他從來沒有跟妻子以外的女人睡過覺。這種機會不是沒有，但他從來沒想要那樣做。

但妻子這邊，有時卻會跟他以外的男人睡覺。以家福所知道的，總共有四個對象。也就是說定期和她有性關係的對象至少有四個人。這種事情妻子當然不會說出來，但對於她跟別的男人在別的地方上床的事，他立刻就會知道。家福這方面的感覺本來就很靈敏，而且如果認眞愛著對方的話，這種事情就算不想知道，憑氣氛也會感覺出來。對方是誰，也能從她說話的口氣中輕易猜到。

她睡覺的對象一定是在電影中合演的演員。而且多半比她年輕。在電影持續拍攝的幾個月間，關係會繼續，拍完後大概也隨著自然結束。同樣的事情以同樣的模式重複了四次。

家福不太能理解，她爲什麼非要和別的男人睡覺不可？而且到現在依然無法理解。因爲兩個人自從結婚以來，以夫婦來說或以生活夥伴來說，都經常保持良好的關係。一有空閒時就會熱心而坦白地對各種事情交換意見，彼此努力信賴對方。他覺得兩人之間無論精神上或性生活上都很契合。周圍的人也都公認他們是一對感情很好的理想伴侶。

雖然如此，她爲什麼還會跟別的男人睡覺呢？如果能趁妻子還在世時下決心問她原因就好了。他常常這樣想。實際上那問題差一點衝出口。妳到底向他們追求什麼？我到底有什麼不足的地方？那是在她死去幾個月前的事。不過面對正被激烈的病痛折磨還一邊和死神苦鬥的妻子，這種話畢竟說不出口。而她就在沒有任何說明之下，從家福所住的世界消失而去。只留下沒問出口的問題，和沒得到的回答。他在火葬場一邊撿著妻子的骨頭，一邊默默深深想著那件事。深得有人在他耳邊說話的聲音都沒聽見的地步。

想像妻子被別的男人抱在懷裡的模樣，對家福來說當然是一件很難過的事。不可能不難過。一閉上眼，各種具體形象便浮上腦海又消失。他不願意去想像這種事，卻又不可能不去想。想像就像一把銳利的刀刃，花時間毫不留情地切割著他。他也想過如果能毫不知情的話該有多好。不過無論在任何情況下，知都勝過無知是他的基本想法，和生存態度。就算會帶來多激烈的痛苦，我還是非知道那個不可。因爲人唯有透過知，才能變得更強。

但比想像更痛苦的是，一邊知道妻子的祕密，還要在不讓對方發現自己知道的情況下，平常地過生活。內心其實正激烈地撕裂著，流著眼睛看不見的血，臉上卻還要經常露出安穩的微笑。彷彿什麼也沒發生過似地做好日常的雜事。若無其事地交談，上床擁抱妻子。這可能不是血肉之軀的普通人所能辦到的。不過家福是個專業演員。超越軀體、發揮演技是他畢生的志業。於是他使出渾身解數地表現演技。沒有觀眾的演技。

但除此之外——除了她有時會偷偷和別的男人幽會的事實之外——兩人幾

乎是過著滿足的，沒有風浪的婚姻生活。工作方面各自都很順利，經濟上也很安定。在將近二十年的婚姻生活中，他們做了無數次之多的愛，至少從家福的觀點來看，都達到滿足了。妻子罹患子宮癌，轉眼就過世之後，他遇到過幾個女人，順著情況一起上了床。但他無法從中找到和妻子相交時所感覺到的那種親密的歡喜。有的只是，彷彿再一次重溫以前經驗過的事情般，輕淡的既視感而已。

他所屬的事務所，因爲支付酬勞需要正式文件，因此他讓美沙紀填寫現在住址、戶籍所在地、出生年月日和駕照號碼。她住在北區赤羽的公寓，戶籍所在地是北海道○○郡上十二瀧町，剛滿二十四歲。家福不知道上十二瀧町是在北海道的哪一帶，是多大的町，那裡住著什麼樣的人。但二十四歲這點勾起他的心事。

家福曾經有個只活了三天的小孩。是個女孩子，但第三天半夜在醫院的育嬰室裡死去了。沒有預兆，心臟突然停止跳動。天亮時，嬰兒已經死掉了。

醫院方面的說明是心臟瓣膜先天就有問題。但這種事這邊也無法確認。而且就算知道眞正原因了，孩子也無法因此而活過來。不知是幸或不幸，還沒決定名字。那孩子如果活著的話正好二十四歲。在那個沒名字的孩子的生日，家福總會一個人合掌一下。並想到如果還活著應該是幾歲了。

因爲如此而突然失去孩子，兩人當然深深傷心。心中所產生的空白是沉重的、黑暗的。兩人經過很長一段期間，心情才好不容易重新站起來。兩人窩在家裡，多半的時間幾乎都在無言中度過。因爲一開口，可能就會說出什麼無聊的事。她開始經常喝葡萄酒。有一段時期，他異常熱心地迷上書法。在雪白的紙上，運筆寫著黑黑的各種漢字時，覺得彷彿開始透明地看得見自己心的結構了似的。

不過在互相扶持之下，兩人逐漸從傷痛中復原，終於度過那段危險時期。而且開始比以前更深地，專心投入各自的工作。他們完全沉溺在扮演自己被賦予的角色中，甚至到貪婪的地步。她說：「很抱歉，我不想再生孩子了。」他也同意。好吧，那就不要再生了。就依妳想的去做。

回想起來，妻子和別的男人有性關係，就是從那以後開始的。或許失去孩子這件事，使她體內的這種欲望覺醒了也不一定。不過那純粹只是他的猜測而已。只是說不定而已。

「我可以問一個問題嗎？」美沙紀說。

一邊想事情一邊恍惚地望著周遭的風景的家福，吃驚地看她的臉。因爲長時間一起坐在車上大約兩個月了，美沙紀極少自己主動開口說話。

「當然。」家福說。

「家福先生爲什麼會當演員？」

「上大學的時候，被女同學邀請加入學生劇團。本來對戲劇並沒有興趣。其實我是想參加棒球社的。高中時代我是棒球隊的游擊手，對守備很有自信。不過我所上的大學，棒球社對我來說水準有點過高。所以抱著姑且試試看的輕鬆心情，進了劇團。想跟那些女同學在一起也有關係。不過參加了一段時間之後，漸漸知道自己很喜歡表演。在表演時，可以變成自己以外的人。而且結束之後，又可以恢復成自己。這讓我很開心。」

「可以變成自己以外的人會很開心嗎？」

「如果知道還可以恢復成自己的話。」

「沒有想過不想恢復成自己嗎？」

家福想一想。第一次被這樣問。路上正塞。他們在首都高速公路上正朝竹橋的出口方向開。

「因爲也沒別的地方可以回去吧。」家福說。

美沙紀對這點沒表示意見。

暫時繼續沉默。家福摘下戴著的棒球帽，檢視一下形狀，又重新戴上。在裝有無數輪胎的聯結車旁邊，黃色SAAB敞篷車顯得非常脆弱。簡直就像大油輪旁漂浮的觀光用小型船似的。

「或許我多管閒事，」美沙紀稍頓一下後說：「不過因爲擔心，所以我可以問嗎？」

「可以呀。」家福說。

「家福先生爲什麼不交朋友呢？」

家福好奇的眼光轉向美沙紀的側臉。「妳怎麼知道，我沒有朋友？」

美沙紀輕輕聳一下肩。「這一點事情只要將近兩個月每天接接送送，自然就會知道。」

家福暫時興趣濃厚似地望著聯結車的巨大輪胎。然後說：「這麼說來，我從以前開始就不太有可以稱得上是朋友的對象了。」

「從小時候開始就這樣嗎？」

「不，小時候當然有好朋友啊。一起打棒球，一起去游泳。不過長大以後，就不太覺得需要朋友了。尤其結婚以後。」

「因爲有了太太，所以就不太需要朋友了嗎？」

「可能是這樣。因爲我們也是好朋友。」

「您是幾歲結婚的？」

「三十歲的時候。我們在同一部電影中演出，因此而認識。不過當時她是第二女主角，我是配角。」

車子在車陣中一點一點往前進。就像每次上首都高速公路時那樣，把頂篷關起來。

「妳完全不喝酒嗎？」家福爲了轉換話題而這樣問。

「好像體質不能接受酒精。」美沙紀說。「我母親經常因爲喝酒而惹出問題，可能跟那件事也有關係。」

「妳母親現在還會引起問題嗎？」

美沙紀搖了幾次頭。「我母親過世了。她喝醉酒開車，方向盤打錯，車子打轉飛出道路，撞到樹。幾乎當場死亡。在我十七歲的時候。」

「眞可憐。」家福說。

「那是自作自受。」美沙紀很乾脆地說。「這種事情一定會發生，只是遲早的差別而已。」

沉默一陣子。

「妳父親呢？」

「也不知道在哪裡。我八歲的時候離家出走，從此一次都沒見過。也沒聯絡。因爲這件事，母親一直都在責怪我。」

「爲什麼？」

「我是獨生女。我母親經常說，如果我是個比較可愛又漂亮的女孩子的話，父親應該不會離家出走。就因爲我天生太醜，所以才會被拋棄。」

「妳一點也不醜，」家福以安靜的聲音說：「只是妳母親要這樣想而已。」

美沙紀再輕輕聳一下肩。「平常還不會這樣，一喝了酒，母親話就多起來。同樣的事情會反覆說好幾遍。這邊聽得很受傷。很抱歉，老實說她死的時候我還覺得鬆了一口氣。」

這次沉默比剛才繼續更久。

「妳有朋友嗎？」家福問。

美沙紀搖頭。「沒有。」

「爲什麼？」

她沒回答。只瞇細了眼睛，一直注視著前方。

家福閉上眼睛想睡一下，但睡不著。一再反覆停車和起步，她每次都小心地換檔。旁邊車道的聯結車像巨大的宿命影子般，在SAAB車旁忽前忽後地移動著。

「我最後一次交朋友是將近十年前的事。」家福放棄地睜開眼睛說。「或許應該說是像朋友的人比較正確吧。對方比我小六、七歲，人相當好，喜歡喝酒，我也陪著喝，邊喝邊聊了各種事情。」

美沙紀輕輕點頭，等他繼續說。家福猶豫了一下，乾脆說出口。

「老實說，那個男人有一段期間跟我太太睡覺。對方不知道我知道這件事。」

美沙紀花了一點工夫才明白那話的內容。「也就是說，那個人跟家福先生的太太有性關係是嗎？」

「是啊。大約三、四個月，我想他跟我太太有過幾次關係。」

「家福先生是怎麼知道的？」

「她當然瞞著我，但我就是知道。這要說明說來話長。不過不會錯。並不是我想太多。」

美沙紀在車子停止之間，用雙手調正後視鏡。「您的太太跟那個人睡覺的事，對家福先生和那個人的友誼沒妨礙嗎？」

「反而相反。」家福說。「我跟那個男人成爲朋友，是因爲我太太跟那個男人睡覺的關係。」

美沙紀閉著嘴。等待說明。

「該怎麼說才好呢……我想弄清楚，爲什麼我太太會跟那個男人睡覺，爲什麼非跟那個男人睡覺不可？至少那是最初的動機。」

美沙紀深呼吸一下。胸部在夾克下面慢慢隆起，然後沉下。「這種事情心情上不會很難過嗎？明明知道對方是跟自己太太睡覺的人，還一起喝酒、聊天。」

「不可能不難過啊。」家福說。「不願意去想的事還是會去想。不願意回憶的事也會想起來。不過我會發揮演技。換句話說因爲那是我的工作。」

「你會變成別的人格。」美沙紀說。

「沒錯。」

「然後再還原到本來的人格。」

「沒錯。」家福說。「不願意也會還原。不過還原之後，和之前所站立的位置會稍微不同。那是規則。不可能完全和以前一樣。」

開始下起小雨，美沙紀撥動幾次雨刷。

「這樣一來，家福先生明白了嗎？爲什麼太太要跟那個人睡覺？」

家福搖搖頭。「不，還是不明白。我想可能有幾件他有、而我沒有的東西。或者該說，我想可能有很多。不過我並不明白，其中的什麼抓住她的心。因爲我們並不是以那樣針尖般的層次在行動的。人與人的關係，尤其男人和女人的關係，怎麼說，都是更整體上的問題。更曖昧、更任性、更悲切的事情。」

美沙紀暫時想了一會兒這件事。然後說：「不過，雖然無法理解，還是繼續跟那個人當朋友嗎？」

家福再摘下一次棒球帽，這次把那放在膝蓋上。然後用手掌來回撫摸著頭頂。「該怎麼說才好呢？一旦開始認眞演起戲來，就會很難找到停下的契機。

不管是精神上多難過的事，在演技的意義還沒掌握到該有的形式之前，那流動的趨勢是無法停下的。就像音樂那樣，不達到某個一定和音，就無法迎接正確的結尾一樣……。我說的妳懂嗎？」

美沙紀從Marlboro菸盒裡抽出一根來含在嘴上，但沒點火。在車子頂篷關閉時她絕對不抽菸。只含在嘴上。

「在那期間，那個人還和家福先生的太太睡覺嗎？」

「不，沒有。」家福說。「如果做到那個地步，怎麼說呢……技巧未免太過分了。我跟他成爲朋友，是在我太太去世後過一陣子。」

「您跟他成爲眞的朋友嗎？或者只是演技？」

家福考慮了一下。「兩方面都有啊。連我自己都漸漸搞不清楚那界線了。所謂認眞演戲，就是這麼回事。」

家福對那個男人，從初次見面就開始產生好感。他姓高槻，個子高高相貌堂堂，也就是所謂的英俊演員。年齡四十出頭，演技並不特別好。也沒有個人獨特的味道。演出的角色有限。大多是感覺良好而清爽的中年男人的角色。經常面帶微笑，但有時側面微帶憂愁。在年紀大的女人之間非常有人氣。家福碰巧在電視臺的候客室跟他打照面。那是妻子過世半年後的事，高槻朝他走來自我介紹，並表示哀悼。說跟他太太只有一次曾經在電影上一起演出過。當時受到她照顧很多，高槻以奇妙的表情說。家福向他道謝。以時間序列來說，就他所知，高槻是在妻子擁有性關係的男人名單中位於末尾的。在和他的關係結束後不久，她到醫院接受檢查，發現子宮癌已經侵犯到相當程度了。

「我有一個任性的請求。」家福禮貌地打過該有的招呼之後乾脆地提出。

「什麼事情？」

「如果方便，高槻先生可以給我一點時間嗎？如果方便的話我們可以一邊喝酒，一邊聊聊我太太的往事。我太太常常提到你。」

忽然被這麼一說，高槻好像很驚訝。或許說受到打擊更貼切。他形狀端正的眉頭稍微皺起來，小心翼翼地探望家福的臉。彷彿在猜測話中是否藏有含意。不過他從上面讀不出有什麼特別的意圖，家福臉上只露出長久共同生活的妻子剛過世的男人該有的安靜表情。就像漣漪擴散之後的池水表面那樣的表情。

「以我來說，只是想找一個可以談談我妻子的事的對象而已。」家福補充說。「一個人在家裡安靜不動，老實說有時會很難過。不過我想對高槻先生一定會造成麻煩。」

聽了這話，高槻好像放心一點。對方似乎沒有懷疑到他們的關係。

「不，沒什麼麻煩的。我很樂意空出這種時間。如果像我這麼無聊的談話對象也可以的話。」說著，他嘴角露出輕輕的微笑。眼角皺起溫柔的魚尾紋。相當迷人的微笑。如果自己是中年女人的話，這時臉頰想必會紅起來，家福想。

高槻在腦子裡迅速翻出時間表。「如果是明天晚上的話，我想可以有充裕的時間跟您見面。不知道家福先生的時間怎麼樣？」

家福說明天晚上自己也有空。看樣子是個感情相當容易讀取的男人，家福感到佩服。筆直探視他的雙眼時，好像可以透視到對面似的。沒有曲折，也沒有惡意。不是會半夜挖掘深洞陷阱，等待有人通過的那種類型。雖然以演員來說可能無法成大器。

「地點在什麼地方好呢？」高槻問。

「地點由您決定。不管指定哪裡，我都會去。」家福說。

高槻提出銀座一家著名酒吧的名字。他說只要預約那裡的包廂，不用擔心說話被人聽到，可以毫無顧忌地盡興談。家福知道那家店的地點。於是兩人握手後道別。高槻的手很柔軟，手指修長。手掌溫暖，好像有點汗濕，也許是緊張的關係。

他走了之後，家福在候客室椅子上坐下來。張開握過的手掌，凝神注視了片刻，那上面還活生生地留有高槻手的感觸。那手掌、那手指，曾經撫摸過妻子赤裸的身體。家福想。花時間，摸遍每個細部。然後他閉上眼睛，深深嘆一口長氣。他想自己現在開始到底打算做什麼？但不管怎麼樣，他都不能不去做那件事。

在酒吧安靜的包廂，一邊喝著麥芽威士忌，家福明白了一件事。那就是高槻的心似乎依然被自己的妻子所強烈吸引。她已經死掉了，肉體已經燒掉，只剩骨灰的事實，高槻好像還不太能接受。這種心情家福也能理解。一面談起妻子的往事，高槻有時眼睛還會稍微浮現淚光。到了令人看在眼裡，不禁想伸出手去安慰他的地步。這個男人似乎不太能隱藏自己的感情。只要稍微套一下話，他就會立刻全盤托出的樣子。

從高槻的口氣聽來，兩個人關係的結束，似乎是由妻子這邊提出的。大概是她對高槻說：「我想我們最好不要再見了。」然後實際上就不再見面了。關係繼續了幾個月，從某個時間點就斷然結束。不會拖泥帶水。依家福所知道的，那是她外遇（可以這樣稱呼吧）的模式。不過高槻方面，似乎還無法那麼乾脆地覺悟到必須和她分手。他可能希望和她維持更恆久的關係。

癌症到了末期住進東京都內的醫院之後，高槻要求去探病，也被斷然拒絕。妻子從住院開始，就幾乎沒跟外人見過面。除了和醫療有關的人之外，能被她容許進入病房的只有她的母親、妹妹，還有家福三個人而已。高槻對於一次也沒能來探視她似乎感到很遺憾。妻子得了癌症的事，高槻是在她過世的幾週前才知道的。對他來說簡直是晴天霹靂般意外，到現在都還無法完全接受這個事實。這種心情家福也可以理解。但當然，他們所懷的感情並非全然相同。家福每天親眼看著妻子臨終逐漸憔悴的模樣，也在火葬場親手撿起她雪白的遺骨。經過一連串必須接受的階段。兩者之間有很大的差別。

簡直像是我在安慰這個男人似的，兩人一邊交換著回憶，家福一邊這樣感覺。如果妻子親眼目擊這樣的光景的話，到底會有什麼感想？想到這裡，家福的心情很奇怪。不過死掉的人大概什麼都不想，也什麼都沒感覺了。如果從家福的觀點來看，這是死掉的優點之一。

另外還知道一件事。那就是高槻有飲酒過度的傾向。家福因爲職業的關係，看過許多愛喝酒的人（爲什麼演員這麼熱愛喝酒呢？）高槻怎麼看都不屬於健全的、健康的酒徒的一類。從家福的觀點看來，世上的酒徒可以大致分爲兩類。一種是爲了替自己添加什麼而不得不喝酒的人，另一種是爲了替自己去除什麼而非喝酒不可的人。而高槻顯然是屬於後者。

他想去除什麼，家福並不知道。可能只是性格薄弱，也可能是過去心裡受過傷。可能是現在現實上有什麼麻煩問題。也可能是這些全部的混合。但不管是什麼，他心裡有那種「如果可能但願能忘記的東西」，為了忘記那個，或緩和那個所產生的痛，不得不喝酒。在家福喝一口之間，高槻喝了兩杯半同樣的東西。以相當快的速度。

或許飲酒速度之快，是因為精神緊張的關係。畢竟自己正在和以前曾經偷偷睡過覺的女人的丈夫，兩人面對面喝酒。不緊張才怪。但家福認為不只這樣。可能本來就是只會這樣喝酒的男人。

一邊觀察著對方的模樣，家福一邊維持自己的步調慎重地喝著。隨著杯數的增加，對方的緊張稍微放鬆下來時，家福問高槻有沒有結婚。對方回答結婚十年了，有一個七歲的兒子。但因為某種原因從去年開始分居。可能不久之後就會離婚了，到時候孩子的監護權應該會成為很大的問題。只有無法自由地見孩子這件事無論如何必須想辦法避免。因為孩子對自己來說，是不能沒有的存在。他把孩子的照片給家福看。看來是個容貌良好而乖巧的男孩。

高槻經常貪杯的習慣大概就是這樣，酒精一入口就變得長舌。可能連不該講的話，不問他都會自己主動講出來。家福大多轉爲聽的一方，溫和地搭腔，如果需要安慰時，就選擇適當的話安慰他。並盡可能多收集有關他的情報。家福做出自己對高槻相當有好感的樣子。這絕對不是困難的事。他天生擅長聽人說話，而且實際上也對高槻懷有好感。再加上，兩個人有一個很大的共通點，就是心還被一個已經死掉的美麗女人所繼續吸引。兩個人雖然立場不同，但都同樣無法彌補那殘缺。所以某方面談得很合。

「高槻先生，很高興能跟您聊，如果您不反對，下次我們再找個地方見面好嗎？很久沒有這種興致了。」家福臨別時這樣說。酒吧的帳，家福事先就付過了。無論如何，這帳總必須由誰來付，高槻腦子裡似乎沒想到這點。酒精讓他忘記很多事情。可能是幾件重要的事情。

「當然。」高槻從酒杯抬起臉來說。「我想務必要再見面。能跟家福先生聊一聊，我梗在心裡的幾件事好像也放鬆了。」

「我能這樣跟您見面可能也是某種緣分吧。」家福說。「可能是去世的妻子幫我們牽的線。」

這某種意義上是真的。

兩人互留了手機的號碼。然後握手告別。

就這樣兩人成爲朋友。可以算是氣味投合的酒友。兩個人互相聯絡上就見面，到都內各地的酒吧喝酒，漫無邊際地聊。一次都沒有一起用過餐。去的都是喝酒的地方。除了下酒的點心之外，家福沒看過高槻吃別的。他甚至想或許這個男人幾乎不吃東西的。而且除了偶爾喝啤酒之外，也沒點過威士忌以外的酒。他喜歡單一麥芽威士忌。

交談的話題很多，但中途一定會轉到家福死去的妻子身上。當家福談到年輕時候她的某件事情時，高槻就會以認眞的表情側耳傾聽。就像是專門蒐集管理別人記憶的人那樣。一留神時，家福自己也很樂於談到這個話題。

那一夜兩人在青山的小酒吧喝著。那是在根津美術館後方巷子深處一家不起眼的店。酒保總是一個四十歲左右話不多的男人，角落的架子上有一隻灰色瘦瘦的貓縮成一團在睡覺。好像是習慣到這家店住下來的附近野貓。唱機轉盤上正播著古老爵士樂的唱片。兩個人喜歡上這家店的氣氛，以前也來光顧過幾次。兩人在等候對方時，不知怎麼多半正在下雨，那天也正下著細雨。

「她眞是個美麗的女人。」高槻邊看著放在桌上的雙手說。以進入中年期的男人來說，算是美好的手。眼睛沒有皺紋，修剪指甲也沒偷懶。「能跟那樣的人在一起共同生活，家福先生一定很幸福。」

「是啊，」家福說：「正如您所說的，我想大概很幸福。不過正因爲幸福，有時心情也會難過。」

「例如什麼情況呢？」

家福拿起加冰塊的威士忌酒杯，旋轉著大塊的冰塊。「想像到，有一天可能會失去她時，心就會痛起來。」

「我也很了解那種心情。」高槻說。

「怎麼說？」

「也就是……」高槻說著，尋找正確的用語，「關於失去像她這樣美好的人這件事。」

「以一般論來說嗎？」

「是啊。」高槻說。然後像要說服自己似地點了幾次頭。「不過我只是想像而已。」

家福暫時保持沉默。盡可能拉長，一直拖延到極限。然後才說：

「不過最後，我還是失去她。從她還活著時就一點一點地持續失去，最後完全失去。就像因爲侵蝕而持續失去的東西，最後被大浪連根拔起地捲走那樣……。我說的意思你懂嗎？」

「我想我懂。」

不，這種事情你是不會懂的，家福在心裡想。

「對我來說最難過的事情是，」家福說：「我對她——至少可能是很重要的一部分——其實並不了解。而且在她已經死去的現在，那可能永遠也不被了解就結束了。就像沉入深海底下的小而堅固的保險箱那樣。一想到這件事，我的心就一陣絞痛。」

高槻想了一下這件事。然後開口。

「但是，家福先生，我們難道能夠了解誰的全部嗎？就算深深愛著那個人。」

家福說：「我們一起生活了將近二十年，我以爲除了是親密夫妻的同時，也是可以彼此信賴的朋友。任何事情彼此都互相坦白地交談。至少我是這樣想的。但其實可能並不是這樣。該怎麼說才好呢……也許我有致命性的盲點般的東西。」

「盲點。」高槻說。

「我可能看漏了，她心中的，某種重要東西。不，就算眼睛看到了，但實際上卻可能沒看見。」

高槻暫時咬著嘴唇。然後把剩下的酒喝乾，請酒保再續杯。

「我了解那種心情。」高槻說。

家福凝視著高槻的眼睛。高槻暫時承受著那視線，但終於避開。

「你說了解，怎麼說呢？」家福安靜地問。

酒保拿著續杯的 on the rock 威士忌走過來，把濕掉了膨脹的紙杯墊換成新的。在那之間兩人保持沉默。

「你說了解，是怎麼說？」酒保走掉後，家福再度問。

高槻尋思著。他的眼裡有某種微小動搖。這個男人正在猶豫，家福這樣推測。這時候他要不要把什麼話坦白說出來的心情正在激烈掙扎中。但結果，那動搖總算在自己內心鎮壓下來。然後說：

「女人在想什麼，我們不可能完全了解吧。我想說的是這種事。無論對方是什麼樣的女人。所以我覺得那並不是家福先生既有的盲點。如果那是盲點的話，那麼我們全都擁有同樣的盲點活著。所以我想您似乎不要那樣過於自責比較好。」

家福思考了一下他所說的話。然後說：「不過那終究只是一般論。」

「沒錯。」高槻承認。

「我現在，正在談的是去世的妻子和我的事情。我希望你不要那麼簡單地把那當成一般論。」

高槻沉默了相當長的時間。然後說：

「就我所知，家福先生的太太眞的是一位美麗的女性。當然我所知道的事，我想還不及家福先生對她所知道的百分之一。雖然如此我還是這樣確信，能和這麼美麗的人一起生活二十年，家福先生無論如何還是必須心存感激。我是打心裡這樣想的。不過無論是彼此應該多麼了解的對象、多麼相愛的對象，要完全窺見別人的內心，終究是不可能的事。去追求這種事，唯有自己難過而已。不過那如果是自己的內心的話，只要努力，應該就能確實窺見努力多少的份。因此，結果我們不能不做的，大概是和自己的心巧妙地誠實相處吧。如果希望**眞正**看清別人，只能深深地筆直凝視自己的內心。我這樣想。」

這些話似乎是從高槻這個人內心的某個很深的特別場所，浮上來的。也許只有極短的片刻，那隱藏的門扉打開了。他的言語沒有隱晦，聽來是發自內心的聲音。那至少顯然不是演技。他不是一個能做到那種演技的男人。家福什麼也沒說，探視著對方的眼睛。高槻這次眼光沒避開。兩人長久之間筆直凝視著對方的眼睛。並彼此確認對方的瞳孔中，那遙遠的恆星般的光輝。

臨別時兩人再度握手。走出外面時正下著微雨。穿著米灰色風衣的高槻傘也沒撐，就走進那雨中消失之後，家福像每次那樣注視著自己右手的手掌一會兒。然後想到那手曾經撫摸過妻子赤裸的身體。

不過就算那樣想，那天不知怎麼，心情並沒有覺得難過。只想到，也有這種事嗎？大概也會有這種事吧。因為那只不過是肉體嘛，家福說給自己聽。只不過是終究化為一小堆骨灰而已的東西不是嗎？一定還有其他更重要的東西。如果那是盲點的話，那麼我們全都擁有同樣的盲點活著。那句話長久留在家福的耳裡。

「您跟那個人當朋友來往很久嗎？」美沙紀一邊注視著前方的車陣一邊問。

「前前後後來往了將近半年，一個月兩次左右，約在什麼地方的酒店，一起喝酒。」家福說。「然後就完全沒見面。他打電話來邀，我也不理。我這邊沒有跟他聯絡。後來他也不再打電話來了。」

「他一定覺得很奇怪吧。」

「大概。」

「可能很受傷。」

「也許。」

「爲什麼突然不見面了呢？」

「因爲不必再演戲了啊。」

「你是說因爲不必再演戲了，所以也就不必再做朋友了嗎？」

「這個也有。」家福說。「不過還有別的事。」

「什麼樣的事？」

家福長久之間沉默著。美沙紀依然含著沒點火的菸，瞄一眼家福的臉。

「如果想抽，妳可以抽。」家福說。

「嗯？」

「那個可以點火啊。」

「可是頂篷關著。」

「沒關係。」

美沙紀把車窗玻璃搖下，用車上的點菸器點著Marlboro。然後大口吸進煙，享受地瞇細眼睛。讓煙留在肺裡一會兒，然後慢慢往窗外吐出。

「那會要人命喔。」家福說。

「要這麼說的話，活著本身就會要命。」美沙紀說。

家福笑了。「這也是一種想法。」

「第一次看到家福先生笑。」美沙紀說。

這麼說來可能是這樣，家福想。演戲之外可能很久沒笑了。

「我以前就想說了。」他說。「仔細看來妳很可愛。一點也不醜。」

「謝謝。我也不覺得醜。只是不太美而已。就像桑妮亞那樣。」

家福有點吃驚地看著美沙紀。「妳讀了《凡尼亞舅舅》吧？」

「每天聽您朗誦分割得細細的臺詞，但順序顚三倒四的，很想知道是什麼樣的故事。我也有好奇心。」美沙紀說。「『啊，眞討厭，受不了。爲什麼我會天生就這麼醜呢？實在眞受不了。』這齣戲好悲哀啊。」

「無可救藥的故事。」家福說。「『啊，眞無奈。誰來救救我。我已經四十七歲了。如果六十歲死去，往後還必須活十三年。太長了。這十三年到底要怎麼過啊？每天要做什麼來打發日子才好呢？』當時的人大概在六十歲死去。或許凡尼亞舅舅沒活在現在的時代還算幸運。」

「我查了一下，家福先生和我父親是同一年生的。」

家福沒有回答這個。默默拿起幾捲錄音帶，查看標籤上所寫的曲目。但沒有放音樂。美沙紀左手拿著點了火的香菸，把那隻手伸出窗外。車陣慢慢往前進，只有在換檔的時候，爲了能用雙手，才短暫地讓香菸含在嘴上。

「老實說，我考慮過要給那個男人一點什麼懲罰。」家福好像剖白般說。「那個跟我太太睡覺的男人。」然後把錄音帶放回原來的地方。

「懲罰？」

「想給他點顏色瞧瞧。我打算先裝成朋友的樣子讓他放心，在那之間找到他致命的弱點般的東西，再巧妙利用那個讓他吃到苦頭。」

美沙紀皺起眉頭，想想話的意思。「所謂弱點，例如什麼？」

「這倒不清楚。不過他是個喝了酒，就會放鬆戒備的男人，不久一定能發現什麼。再以那個爲把柄，製造醜聞——讓他信用掃地的問題，應該不是多難的事。如果那樣的話，在離婚的調停中他一定拿不到孩子的監護權，那是他難以忍受的事。可能無法重新站起來。」

「好黑暗喏。」

「是啊，很黑暗。」

「因爲他跟家福先生的太太睡覺，所以要報復？」

「這和所謂報復有點不同。」家福說。「不過我無論如何無法忘記那件事。我很努力要忘掉。但不行。我腦子裡太太被抱在別的男人臂彎裡的情景揮之不去。經常會重新浮現。簡直就像無處可去的陰魂一直黏在天花板角落裡，一直盯著這邊一樣。我以爲妻子過世，經過一段時間之後，那種東西終究會消失。但並沒有消失。情況反而比以前更強烈。我有必要把那個趕走。因此，不得不消除自己心中憤怒般的東西。」

家福想，我爲什麼會以從北海道上十二瀧町來的年齡和自己女兒相當的女孩子爲對象，談這種事呢？不過一旦開始說，也停不下來。

「所以想要懲罰那個人。」女孩子說。

「對。」

「不過實際上什麼也沒做，對嗎？」

「嗯，沒做。」家福說。

美沙紀聽了似乎稍微放心。輕輕嘆一口氣，把點著的菸就那樣彈出窗外丟掉。這種事可能在上十二瀧町大家都平常地這樣做。

「我不太會說明，不過從某個時間點開始，很多事忽然都變得無所謂了。就像附在身上的東西，咚地掉落地上一樣。」家福說。「也不再感到憤怒了。或許那其實並不是憤怒，而是某種其他的東西。」

「不過，我想那對家福先生來說一定是一件好事。無論是什麼形式的，總之沒有傷害到人。」

「我也這樣想。」

「不過您的太太爲什麼要跟那個人做愛，爲什麼非要那個人不可，家福先生還沒有掌握到這一點吧？」

「嗯，我想還沒有掌握到。那在我心中還留下問號。那個男人是個不分表裡不會藏心機，感覺很好的傢伙。好像眞的喜歡我太太。不是單純爲了玩玩而跟她睡覺的。她死掉的事，他打心裡受到打擊。死前想來探病被拒絕也很傷心。我對他不能沒有好感，而且甚至也想過眞的跟他當朋友也好。」

家福說到這裡停下來，回溯心的動向。尋找更接近事實的語言。

「不過，說白了他並不是不得了的傢伙。或許個性很好。長得英俊，笑容也好看。至少不是個會曲意逢迎的人。但也不是會讓人尊敬的人。雖然誠實但缺乏深度。有軟弱的一面，以演員來說算是二流的。跟他比較之下，我太太意志堅強，是個有深度的女性。可以花時間慢慢安靜思考事情。但她的心爲什麼會被這種沒什麼長處的男人所吸引，非要被他擁抱不可呢？那件事到現在依然像尖刺般刺在心上。」

「那在某種意義上，感覺甚至像是對家福先生自己的侮辱般，是嗎？」

家福思考一下。坦白承認。「也許是這樣。」

「您太太的心一點都沒有被那個人所吸引吧，」美沙紀非常簡潔地說：「所以才會跟他睡覺。」

家福好像在看遠方的風景般，一直眺望著美沙紀的側臉。她快速地撥動幾次雨刷，把附在前擋風玻璃上的水滴清除。才剛換的一對新雨刷，像正在抱怨的雙胞胎般發出堅硬的摩擦聲。

「女人會有這種部分。」美沙紀補充道。

語言沒浮上來。因此家福保持沉默。

「那種東西就像病一樣。家福先生。多想也沒有用。我父親拋棄我們，母親徹底折磨我，也都是病在作祟。這想破腦袋也沒有用。只能自己適度調整，甘心接受，繼續過下去了。」

「而且我們都在演戲。」家福說。

「我想就是這樣。或多或少。」

家福讓身體深深沉入皮椅，閉上眼睛集中精神在一點上，想努力感覺出她正在進行換檔的時間點。但依然不可能掌握住。一切都太平滑了，充滿祕密。只有引擎轉速的微小變化傳進耳裡。就像盤旋飛舞的昆蟲羽翅的震動般。忽而接近，忽而遠去。

家福感覺有點睏。落入沉睡一會兒，再醒來。十分鐘或十五分鐘左右。然後又站上舞臺表演演技。浴著舞臺的燈光，念著固定的臺詞。掌聲響起，布幕落下。一度脫離自身，再度還原自己。但回來時正確說和先前並不是相同的地方。

「我睡一下喔。」家福說。

美沙紀沒回答。就那樣默默繼續開車。家福感謝那沉默。

Yesterday

就我所知，爲披頭四的〈Yesterday〉配上日語歌詞（而且是關西腔）的人，只有姓木樽的男人一個而已。他洗澡時經常大聲唱那首歌。

昨天是／明天的前天
前天的明天

我記得剛開始是這樣，但因爲是很久以前的事了，所以是不是眞的這樣不太有把握。不過不管怎麼說，那歌詞從最初到最後幾乎都沒有意義，簡直太荒唐了，跟原來的詞一點關係都沒有。那東西該說是聽慣的憂鬱而美麗的旋律，和幾分輕鬆愉快——或者該說一點也不悲愴的——關西腔聲調，大膽地排除有益性的奇怪組合，所作出來的歌詞。至少在我耳裡聽來是這樣。我可以光是聽得笑翻了，也可以從裡頭聽出某種隱藏的訊息。不過那時候，只是呆呆地聽著而已。

木樽以我所聽到的範圍內只會說幾近完美的關西腔，但其實他是土生土長東京都大田區田園調布的人。跟我相反，我是從出生到長大都在關西，卻滿口幾乎完美的標準語（東京話）。這麼想起來，我們可能是相當奇怪的組合。

我跟他認識，是在早稻田正門附近的喫茶店打工的時候。我在廚房裡工作，木樽則在店裡當服務生。到了空閒時間兩人經常聊天。我們都是二十歲，生日也只差一星期。

「木樽這個姓好稀奇啊。」我說。

「喔，是嘛，相當稀奇吧。」木樽說。

「羅德隊有一個投手也姓木樽。」

「哦，那個啊，跟我們家沒關係。因爲這種姓很少，所以說不定在什麼地方有一點點關係。」

那時候我是早稻田大學文學部二年級的學生。他則是準備重考的浪人。在早稻田補習班上課。不過雖然浪人生活已經進入第二年了，卻完全看不出他有爲準備考試在努力用功的跡象。一有空閒幾乎都在看著和考試無關的書。像吉米・漢德利克斯的傳記、詰將棋的書、或《宇宙是如何誕生的》之類。他說是從大田區的自己家通車的。

「自己家？」我說。「我還以爲你是關西出身的呢。」

「不是不是。我是在田園調布土生土長的。」

我聽了非常驚訝。

「那麼，你爲什麼老是說關西腔呢？」我問。

「那是後天學的啊。突然下決心學的。」

「後天學的？」

「就是說拚了命努力學的啊。死記動詞啦、名詞啦、重音哪。就跟學英語或法語的原理一樣。我也好幾次到關西去實習呢。」

我眞的好佩服。居然有人像學英語或法語一樣「後天」地去學關西腔，這還是第一次聽到。原來如此，眞佩服，東京畢竟是個很大的都市。有點像夏目漱石的《三四郎》所描述的那樣。

「我從小時候就是阪神虎隊的棒球迷，在東京有阪神隊比賽時常常去看，穿上直條紋的制服到外野的加油區去，如果說東京腔的話，大家都不會理你。不會讓你加入那個團體。因此，我想不能不學關西腔，於是眞的努力勤學，辛苦到要流血的地步喔。」

「只爲這樣的動機就學會關西腔嗎？」我傻眼地問。

「是啊。阪神虎隊對我來說就是一切，到那樣的地步。從此以後，我決定無論在學校或在家，都只說關西腔。連說夢話都要說關西腔。」木樽說。「怎麼樣，我的關西腔幾乎接近完美吧？」

「確實。我還一直以爲你是關西出身的人。」我說。「不過那不是大阪、神戶之間的關西腔喔。是大阪市內，而且是相當傳統地區的道地說法。」

「哦，你很清楚嘛。高中暑假時，我在大阪的天王寺區待過寄宿家庭。很有趣的地方喔。走路也能到動物園。」

「homestay。」我佩服地說。

「如果能像學關西腔那樣，認眞投入準備入學考的話，也不用重考兩年吧。」木樽說。

我想他說的確實也對吧。他這種自說自答的地方也頗有關西漫才對口相聲的調調。

「那你是哪裡出身的啊？」

「神戶附近。」我說。

「你說神戶附近，是哪一帶呀？」

「蘆屋。」我說。

「好地方啊。一開始就這樣說嘛，別拐彎抹角的。」

我說明。被問到出身地時，如果一下就說蘆屋，總會給人出身富裕家庭的印象。但蘆屋也有最好和最壞的。我並不是特別富裕的家庭出身的。父親在製藥公司上班，母親是圖書館的管理員。房子很小，車子是奶油色的Toyota Corolla。所以被問到出身地時，爲了不給人先入爲主的印象，我每次都回答「神戶附近」。

「什麼嘛，這個，跟我的情況完全一樣嘛。」木樽說。「我們家從住址來說是田園調布，不過我們所住的地方，說白了是田園調布最落魄的地區。住的房子，也挺落魄。下次來看看吧。這是田園調布嗎？騙人吧？會有這種評語。不過，那種事情何必吞吞吐吐去在意？那東西，不過是地址罷了。所以我的情況，反而一開頭就啪地亮出地名來。出生長大都在田園調布喔，怎麼樣，諸如此類。」

我很佩服。於是我們就變成好像朋友了。

我來到東京之後，變得完全不會講關西腔有幾個原因。我高中畢業以前一直使用關西腔，而且一次也沒說過東京話。但來東京大約一個月之後，發現自己自然而流暢地說著那新語言，非常驚訝。我（雖然連自己都沒發現）可能本來就具有變色龍的性格。或者語言音感比別人強。無論如何，就算我說是關西出身的，周圍任何人都不相信。

另外還有一點，我想變成一個和過去不同的人，這件事可能也是讓我不再使用關西腔的很大原因。

爲了上東京的大學，我搭新幹線上京之間一直一個人在思考。回顧過去十八年間的人生，發生在自己身上的，其實大部分都是令人羞恥的事。不是我故意誇張地說。實際上，全都是我不願意回想的丟臉的事。越想越覺得身爲自己實在眞厭煩。當然也有少許美好的回憶。也並不是沒有過華麗的經驗。這點我承認。不過以數量來說，還是令人臉紅的、傷腦筋的事要多得多。想起過去我的生活方式和思考方式，都是平凡得微不足道的，極悲慘的東西。大多是缺乏想像力的，中產階級的廢物。那種東西讓人想整堆塞進大抽屜的深處。或乾脆點一把火燒成煙（雖然不知道會出現什麼樣的煙）。總之希望一切歸零，以一個全新的人，在東京開始新生活。想在那裡試看看身爲自己的新的可能。而且以我來看，拋棄關西腔，學習新語言，就是爲了達成這個目的的最實際（同時也是象徵性）的手段。因爲畢竟，我們所說的語言會形成我們的人格。至少十八歲的我，是這樣想的。

「你說羞恥，是什麼事情讓你那麼羞恥？」木樽問我。

「一切的一切啊。」

「你跟家人處不好嗎？」

「也不是處不好。」我說。「不過很羞恥。總之光是和家人在一起就覺得羞恥。」

「眞是怪人。」木樽說。「跟家人在一起有什麼可羞恥的?我還過得滿愉快的。」

我沉默著。無法適當說明。要我說奶油色的Toyota Corolla有什麼地方不行,我也答不上來。只是我們家前面的道路太窄,雙親對表面看來花錢的事不感興趣而已。

「我不太用功讀書,父母親每天都要囉嗦抱怨,那當然會很煩,不過也沒辦法。因爲那是他們的工作啊。那種事就必須盡量別去計較嘛。」

「你那麼輕鬆眞好。」我佩服地說。

「有女朋友嗎?」木樽問。

「現在沒有。」

「以前有過?」

「到不久以前。」

「分手了嗎？」

「是啊。」我說。

「爲什麼分手？」

「說來話長，現在不想談。」

「蘆屋的女孩子嗎？」木樽問。

「不，不是蘆屋。住在夙川。算很近。」

「讓你做到最後嗎？」

我搖頭。「不，沒讓我做到最後。」

「因爲這樣而分手嗎？」

我想了一下。「這個也有。」

「讓你做到最後的前面嗎？」

「嗯，到那前面。」

「具體說是讓你做到哪裡？」

「我不想說這個。」我說。

「這也是你所指的『羞恥事情』之一吧？」

「對。」我說。那也是我不願意回想的事情之一。

「你也眞是個麻煩的傢伙啊。」木樽似乎佩服地說。

我第一次聽到木樽唱那歌詞奇怪的〈Yesterday〉，是在他田園調布的家裡（那既不像他自己說的那麼破落的區域，也不是那麼破落的房子。而是在極普通的區域，極普通的房子。雖然舊，但比我蘆屋的家大。只是沒有特別豪華而已。而且停著的車子，是前一種車型的深藍色GOLF），在他家浴室。他一回家先丟下一切就先去洗澡。而且一進去很久都不出來。所以我常常把小圓凳帶進脫衣室去，坐在那裡從門縫間跟他說話。如果不逃進那裡的話，就必須聽他母親嘮叨（對她那不肯用心讀書，脾氣古怪的兒子沒完沒了的牢騷）。就在那裡他把那首自己塡上無厘頭歌詞的歌，爲我——是不是這樣並不清楚——大聲唱出來。

「那歌詞不是沒什麼意義嗎？」我說。「我聽起來，好像只是在取笑

〈Yesterday〉這首歌而已呀。」

「傻瓜。我哪有取笑？而且，就算有，本來nonsense（無意義）就是約翰．藍儂所喜歡的地方不是嗎？對吧？」

「〈Yesterday〉作詞作曲的是保羅。」

「是這樣嗎？」

「不會錯。」我斷言。「保羅作了這首歌，自己一個人走進錄音室，彈著吉他唱出來。後來才在那上面加上弦樂四重奏樂團的伴奏。其他成員完全沒參與。其他三個人覺得那首歌對披頭四這樂團來說有點太弱。表面上雖然掛上藍儂和麥卡尼的名字。」

「哦，我對這種高深的知識倒不清楚。」

「這不是高深的知識。而是全世界都知道的事實。」我說。

「算了，沒關係，這種小事怎麼樣都無所謂。」木樽在蒸汽中以優閒的聲音說。「我只是在自己家浴室裡隨便亂唱而已。並不是在出唱片。既沒侵犯著作權，也沒給誰添麻煩。不必被人家一一指責。」

於是又把蒼涼風趣的部分，以適合浴室的，嘹亮的聲音繼續唱出，連高音部都暢快地唱出。「到昨天那女孩還／在那裡……」什麼的。並輕輕揮著雙手，啪啦啪啦輕鬆地加上水聲伴奏。如果我也能拍掌唱和就更好了，不過實在沒那種心情。別人洗澡時，自己花一個鐘頭陪伴，隔著玻璃門閒扯，並不是多開心的事。

「不過你怎麼能，花那麼長時間泡澡？身上皮膚不會起皺嗎？」我說。

我自己從以前洗澡就很快。乖乖泡澡一下就膩了。在浴室既不能讀書，也不能聽音樂。如果沒有這些，我沒辦法打發時間。

「在浴室長時間泡在水裡，頭腦放鬆，滿多好的創意，會忽然一下都浮上來。」木樽說。

「你所謂創意，就是指像〈Yesterday〉的歌詞那樣的東西嗎？」

「嗯，那也是其中之一。」木樽說。

「如果你有時間去想那種好的創意什麼的，不如稍微認眞一點去準備考試不好嗎？」我說。

「喔喔，你也是個無聊的傢伙。跟我老媽說的話幾乎一樣嘛。年紀輕輕的別說這種老氣橫秋的話。」

「不過已經當了兩年浪人，差不多也該厭煩了吧？」

「當然會厭煩。我也想早點當大學生，定下心來優閒自在。也想認眞地跟女朋友約會。」

「那你就稍微專心一點用功吧。」

「那個啊，」木樽以拉長的聲音說：「那個啊，要是能辦得到，我早就在做了啊。」

「大學是個很無聊的地方喔。」我說。「你如果進去了會大失所望。這點不會錯。不過如果連那裡都沒進的話，一定更無聊吧。」

「正論。」木樽說。「過於正論，無話可說。」

「那麼，你爲什麼不用功？」

「因爲沒有motivation（動機）呀。」木樽說。

「motivation？」我說。「想認眞跟女朋友約會就可以成爲冠冕堂皇的

motivation了吧。」

「那個嘛。」木樽說。然後從喉嚨深處擠出半像嘆息，半像嘀咕般的聲音。「說來話長，不過我心裡有像分裂般的東西。」

木樽有一個從小學就開始交往的女孩子。也就是所謂青梅竹馬的女朋友。雖然同一學年，但她那邊現在已經進入上智大學了。在法文系加入網球社團。他給我看過照片，是個漂亮得讓人不禁要吹口哨的女孩子。身材好，表情也很活潑。但現在卻不太常見面。兩個人商量過，在木樽考上大學以前，爲了不妨礙他用功，最好少以男女朋友的關係來往。提議的人是木樽這邊。她則同意說：「嗯，如果你這樣說的話。」雖然常常通電話，但實際見面一星期頂多一次，而且那與其說是約會，不如說更接近「會面」。兩個人一起喝喝茶，談談彼此的近況。互相握握手。輕輕接吻。此外並不會更進一步。相當保守。

木樽自己雖然不算特別英俊，不過容貌還稱得上高尚端莊。個子雖不算高但體態修長，髮型和服裝品味也清爽而瀟灑。只要不說話，看起來是個教養良好，感性細膩的都會青年。和她站在一起，可以算是登對的一對。如果一定要挑剔的話，只有因爲容貌整體上纖細的關係，可能會給人一種「這個男人可能稍微缺乏個性和主張」的印象而已。不過一旦開口之後那第一印象，就會像被元氣十足的拉布拉多犬踐踏過的沙雕城堡那樣，轉瞬間便崩潰掉。那流利的關西腔，嘹亮高亢的嗓門，立刻讓眾人嚇呆。畢竟和外觀的落差實在太大了。那落差第一次也讓我相當困惑。

「嘿，沒有女朋友每天不寂寞嗎？」木樽有一天這樣對我說。

怎麼會不寂寞？我說。

「那麼，谷村，你想不想跟我的女朋友交往？」

我摸不清木樽想說什麼。「你說交往是什麼意思？」

「她是個好女孩。人長得美，個性溫順，頭腦也相當好。這個我可以保證。跟她交往對你沒有損失。」他說。

「我並沒有想到會有損失。」我還沒弄清楚話的用意就說。「不過到底爲什麼，我非要跟你的女朋友交往不可呢？我搞不清楚理由何在。」

「因爲你這個傢伙人相當不錯啊。」木樽說。「要不然，我怎麼會特地說出這種事情？」

這根本什麼也沒說明。我是個不錯的傢伙（就算眞是這樣），和木樽的女朋友該和我交往之間，到底有什麼樣的因果關係？

「惠里香（這是她的名字）和我上的是本地同一所小學、同一所初中和高中。」木樽說。「也就是說，到目前爲止的人生幾乎都像是一起度過的。好像自然成爲一對男女情侶，周圍所有的人都公認我們的感情。無論朋友、父母或老師。兩個人就這樣天衣無縫，感情很好地黏在一起。」

木樽把自己的左右手掌完全貼緊。

「於是，如果兩個人就那樣好好順利升上大學的話，人生就會沒有任何破綻，萬事如意了，然而我在大學入學考試時卻失敗落第了。正如你所知道的。不知道在什麼地方出了什麼問題，不過很多事情從此開始漸漸不順利。當然這不是誰的錯，全都要怪我自己。」

我默默聽著他說。

「於是我，說起來就把自己切割成兩個。」木樽說。然後把合起來的手掌分開。

把自己切割成兩個？「怎麼做？」我問。

木樽注視著自己的雙手一會兒，然後才說：「也就是說，一邊的我正在焦慮不安擔心害怕。去上著沒用的補習班，做著沒用的考試準備之間，惠里香則在充分享受著大學生活。起勁地打著網球，活躍地參加各種活動。交了新朋友，可能也跟別的男人約會。一想到這種事情時，就覺得好像大家都走掉了，只有自己被留下似的，滿腦子悶悶的。這種心情你能了解吧？」

「我想我了解。」我說。

「可是啊，另一邊的我卻相反，也有點鬆一口氣。換句話說，如果我們就這樣沒有任何問題也沒有任何破綻，以感情很好的一對情侶輕鬆順利地繼續走過人生的話，往後到底會變怎樣？與其這樣，不如在這裡試著分別走上不同的路，然後知道彼此還是需要對方的話，到時候再重新在一起就行了。我想也有這種選項吧。這你懂嗎？」

「好像懂，又好像不太懂。」我說。

「也就是說，大學畢業，到哪家公司去上班，就那樣跟惠里香結婚，受到大家的祝福成爲一對理想的夫婦，生個兩個左右的小孩，去上熟悉的大田區立田園調布小學，星期天全家一起到多摩川邊郊遊，Ob-La-Di, Ob-La-Da……當然這種人生我想也完全不錯喔。但人生就這樣滑溜溜，無風無浪，舒舒服服地過下去眞的行嗎？我心裡不是沒有類似這種不安。」

「自然、平順、舒服，在這裡成爲問題，是嗎？」

「嗯，就是這樣。」

自然、平順、舒服到底有什麼地方成問題，我不太明白，不過好像說來話長，所以我決定不去追究那問題。

「那個歸那個，不過爲什麼這個我和你的她非要交往不可呢？」我問。

「如果反正要跟別的男人交往的話，對象是你不是比較好嗎？如果是你的事，我也很清楚。而且也可以從你打聽到她的近況。」

雖然實在不認爲這話說得通，不過我對跟木樽的女朋友見面本身倒有興趣。從照片上看來她是個很吸引人的美女，我也想知道這種女孩爲什麼會願意跟像木樽這麼奇怪的男生交往。我從以前就很怕見生人，但只有好奇心卻相當旺盛。

「那你跟她是進行到什麼地步？」我試問看看。

「你是說做愛嗎？」木樽說。

「是啊。有到最後嗎？」

木樽搖頭。「那個，不行。因爲從小就認識了，所以要脫衣服、接觸撫摸身體，特地去做這種事，好像不太好。如果是以別的女孩爲對象的話，我想不會這樣，但要把手伸進內褲，或以她爲對象做那類事情，光是想像本身就會覺得不好了。這你明白嗎？」

我不太明白。

木樽說：「當然有接吻，有牽手。也有從衣服上面碰到胸部。不過，這種事也是半開玩笑，半遊戲的情況。即使興奮起來，也不會想往前進一步，沒有那種氣氛哪。」

「氣氛什麼的，那種動向，某種程度是要從這邊努力去製造的，不是嗎？」我說。人們稱那個爲性慾。

「不，不是這樣。我們的情況不太會這樣。我不會說。」木樽說。「例如自慰的時候，會想起某個具體的女孩子吧？」

這個嘛，嗯，我說。

「不過，我無論如何不會去想惠里香。會覺得不可以。所以那樣的時候我會想別的女孩子。沒那麼喜歡的女孩子。對這個你怎麼想？」

我試著想了一下，沒有得到結論似的東西。對別人的自慰實在無從瞭解。連自己的都有些難懂的部分。

「不管怎麼說，要不要三個人先見一次面看看。」木樽說。「然後也可以再慢慢考慮吧。」

我和木樽和他的女朋友（全名叫栗谷惠里香）在星期天下午見面，地點在田園調布車站附近的喫茶店。她的身高和木樽一樣，曬得很黑，穿著燙得很漂亮的白色短袖襯衫，深藍色迷你裙。就像教養好的半山高級住宅區出身的女大學生的範本那樣。是個像照片上一樣漂亮的女孩，但站在本人面前時，注意力與其被容貌的好，不如被全身洋溢的爽快生命力般的東西所吸引。和印象有點纖細的木樽恰成對比。

木樽把我們互相介紹給對方。

「阿明交到朋友了眞好。」栗谷惠里香說。木樽的名字叫明義。全世界只有她一個人叫他阿明。

「眞誇張的傢伙，我朋友多得是啊。」木樽說。

「騙人。」栗谷惠里香很乾脆地說。「就像你所看到的，他這個人很難交到朋友。明明是東京長大的卻只說關西腔，一開口就像故意惹人討厭那樣，只談阪神虎隊和將棋的破解殘局，這麼脫俗的人很難跟一般人相處吧。」

「要這麼說的話，這傢伙也是個怪胎呀。」木樽指著我說。「蘆屋出身的人卻滿口東京腔呢。」

「那倒很平常吧。」她說。「至少比相反來說。」

「喂喂，那是文化歧視喔。」木樽說。「所謂文化這東西不是等價的嗎？東京腔會比關西腔偉大嗎？」

「嘿，那或許是等價的，不過明治維新以來，東京的語言畢竟已成爲表現日本語的基準哪。」栗谷惠里香說。「證據，比方說沙林傑的作品中，《法蘭妮與卓依》就沒有出版用關西腔翻譯的吧？」

「如果出了我會買。」木樽說。

我想我也會買，不過我保持沉默。最好不要多嘴。

「總之以一般常識來說，事情就是這樣。」她說。「只是阿明的腦袋偏偏就要有固執的偏見。」

「所謂固執的偏見到底是什麼樣的事呢？我覺得文化歧視才是更有害的偏見呢。」木樽說。

栗谷惠里香聰明地迴避了那個論點，選擇改變話題。

「我參加的網球社團裡也有從蘆屋來的女孩子。」她向我說。「名叫櫻井瑛子，你認識嗎？」

「認識。」我說。櫻井瑛子。鼻子形狀怪怪的，個子高高瘦瘦的女孩，父親經營很大的高爾夫球場。有點神氣，個性也不太好。幾乎沒有胸部。只是從以前就很會打網球，經常參加大會比賽。是令人不想再見第二次的那種對象。

「這傢伙啊，是個滿好的傢伙，不過現在沒有女朋友。」木樽對栗谷惠里香說。指的是我。「外表雖然馬馬虎虎，不過教養不錯，跟我不一樣，想法也相當正常。知道很多事情，也讀了些很難的書。看起來乾乾淨淨的，應該也沒什麼怪病。我想是個前途無量的有爲青年。」

「很好啊。」栗谷惠里香說。「我們社團也有幾個滿可愛的新生，我可以幫你介紹。」

「哎，不是啦。不是這個意思。」木樽說。「妳自己可以跟這傢伙交往嗎？我是個浪人之身，也沒辦法好好當妳的對象。要說代替也不太好，不過我想如果是這傢伙的話倒可以當妳的交往對象，以我來說，也可以安心哪。」

「你說可以安心是什麼意思？」栗谷惠里香說。

「也就是說，我知道你們兩個人，與其讓妳跟完全不認識的男人交往，不如這樣比較安心。」

栗谷惠里香瞇細了眼睛，好像看著弄錯透視法的風景畫那樣，注視著木樽的臉。然後慢慢開口。「所以你是說我可以跟這位谷村同學交往的意思嗎？‧‧‧‧‧‧因爲他是個滿好的人，所以我們就以男女朋友交往吧，阿明認眞地這樣建議嗎？」

「這個想法還不差吧？或者妳有跟別的男孩子正在交往嗎？」

「沒有啊。那種人。」栗谷惠里香以安靜的聲音說。

「那麼就跟這傢伙交往看看好嗎？就像文化交流那樣。」

「文化交流？」栗谷惠里香說。然後看看我的臉。

因爲說什麼都不會產生好效果，因此我保持沉默。手拿起咖啡匙，好像很有興趣地注視著那匙柄的設計。就像在清查埃及古墳出土品的博物館研究員那樣。

「你說文化交流是什麼意思？」她問木樽。

「也就是說，在這裡加上一點不同的觀點之類的東西，對我們可能也是一件不錯的事……」木樽說。

「這就是你所想的文化交流嗎？」

「所以，我想說的是——」

「算了。」栗谷惠里香斷然地說。如果眼前有鉛筆的話，可能已經拿起來折成兩半了。「既然阿明這樣說了，就來做那文化交流吧。」

她喝一口紅茶，把杯子放回碟子上，然後轉向我這邊。然後微笑。「那麼谷村同學，阿明既然這樣建議了，下次我們兩人就來約會吧。應該會很開心吧。什麼時候好？」

我說不出話來。重要的時候說不出適當的話，也是我的問題之一。住的地方改變了，說話腔調也變了，這種根本問題卻還解決不了。

栗谷惠里香從皮包裡拿出紅色皮記事本，翻開來查了一下行程。「這星期六有空嗎？」

「星期六都沒有約。」我說。

「那就決定這星期六。那麼，兩個人去什麼地方？」

「這傢伙喜歡看電影。」木樽對栗谷惠里香說。「寫電影劇本是他未來的夢想。他參加編劇研究社呢。」

「那就去看電影吧。什麼樣的電影好？嗯——，這個由谷村同學先想好。我只有恐怖電影不行，其他都可以陪你看。」

「這傢伙啊，非常膽小。」木樽對我說。「小時候，兩個人到後樂園的鬼屋去時，還互相牽著手呢——」

「看完電影之後可以慢慢用餐。」栗谷惠里香打斷他的話，對我說。然後在便條紙上寫下電話號碼交給我。「這是我家的電話號碼。等決定好時間和地點，可以打電話給我嗎？」

我那時候沒有電話（請理解，那是個手機連影子都還沒有的時代），所以把打工地方的電話號碼告訴她。然後看看手錶。

「很抱歉，我要先告辭了。」我盡量以明朗的聲音說。「我還有明天以前必須完成的報告要趕。」

「那種東西，有什麼關係？」木樽說。「難得三個人能像這樣一起見面，就慢慢聊嘛。這附近也有很美味的蕎麥店……」

栗谷惠里香沒有特別表示意見。我把自己的咖啡錢放在桌上站起來說，因為是很重要的報告，所以很抱歉。其實是無所謂的東西。

「我明天或後天給妳電話。」我對栗谷惠里香說。

「我等你。」她說著，露出感覺非常好的微笑。以我的印象來說，那如果是真的就有點感覺過好的微笑。

我留下他們兩人，走出喫茶店，朝車站走著，邊問自己：「我到底在這裡做什麼？」什麼事情一旦被決定之後，還在想為什麼會變這樣，也是我的問題之一。

那個星期六我和栗谷惠里香約在澀谷，看了伍迪．艾倫以紐約為舞臺的電影。因為見了她談過話時，覺得她可能會喜歡伍迪．艾倫的東西。而且我想，木樽可能不會邀她去看那種電影。幸虧電影拍得很好，走出電影院時兩人都覺得很開心。

我們在傍晚的街上散步一會兒之後，走進櫻丘一家小義大利餐館點了披薩，喝了Chianti葡萄酒。是一家感覺輕鬆，價格也不太貴的餐廳。燈光壓低，餐桌上點著蠟燭（當時的義大利餐廳大多都點蠟燭。桌巾是格子花紋的）。我們在那裡談了很多話。大二生第一次約會（大概可以稱爲約會吧）會談的那種話。剛剛看過的電影、彼此的大學生活，和興趣。比預期的談得起勁，她幾次笑出聲音。自己說來有點不好意思，不過我似乎有讓女孩子自然笑出來的才能。

「我稍微聽阿明說過一點，谷村君好像不久前才跟高中時代的女朋友分手？」她問我。

「嗯。」我說。「交往了將近三年，但不順利。很遺憾。」

「跟她之間不順利的原因，說是因爲親熱的事。阿明說的。換句話說，怎麼說好呢……你要求的她不答應。」

「那個也有。不過，不只那樣。如果我眞心喜歡她的話，我想那也可以忍受。如果確信眞的喜歡的話。但不是那樣。」

栗谷惠里香點點頭。

「就算能達到最後，結果也一樣吧。」我說。「我到東京來，隔著一段距離來看，漸漸看得出來了。雖然進行不順利很遺憾，不過我想那也是沒辦法的事。」

「那種事是不是很難過？」她問。

「那種事是指？」

「過去兩個人在一起，忽然變成只有一個人。」

「有時候。」我老實說。

「不過，年輕時候能經歷一段這樣寂寞嚴苛的時期，某種程度也是必要的吧？換句話說，以人的成長過程來說。」

「妳這樣認爲嗎？」

「就像樹木要堅強地長大，必須越過嚴酷的冬天那樣。如果經常是溫暖安穩的氣候的話，也無法形成年輪吧。」

我試著想像自己內部有年輪。那看來只像三天前剩下的年輪蛋糕的樣子。

我這樣說她就笑了。

「或許人眞的也需要這樣的時期。」我說。「如果知道那總有一天會結束，就更好了。」

她微笑。「沒問題。如果是你的話，不久一定可以找到好女孩。」

「如果這樣就好了。」我說。如果這樣就好了。

栗谷惠里香暫時一個人在想什麼。在那之間我一個人吃著送來的披薩。

「嘿，有一件事我想跟谷村君商量。你願意聽嗎？」

「當然。」我說。然後，要命，我想可能是傷腦筋的事。總是有人立刻搬出重大事情要跟我商量，這也是我所經常擁有的問題之一。而且栗谷惠里香正要搬出來的，我可以猜到，有相當高的機率，是會讓我不太愉快的那種「商量」。

「我現在相當迷惑。」她說。

她的眼睛像正在尋找東西的貓那樣，慢慢左右移動著。

「我想谷村君看在眼裡也知道，阿明的浪人生活已經進入第二年了，但實際上幾乎沒有在做重考的準備。也不太去補習班上課。所以我想明年可能也考不上。當然如果學校的等級降低的話可能可以進入某個大學，但那個人腦子裡不知道怎麼只有早稻田。認定只要上早稻田。我想這種事情真的毫無意義，不過不管我說什麼，父母和老師說什麼，他都完全聽不進去。那麼就好好努力用功準備進早稻田吧，也不肯。」

「爲什麼這麼不用功呢？」

「那個人認眞地相信入學考試是只要運氣好就能考上的。」栗谷惠里香說。「用功準備考試只有浪費時間，虛耗人生而已。我實在無法相信，他爲什麼會有這種奇怪的想法。」

我想那或許也是一種見解，不過當然我沒說出口。

栗谷惠里香嘆一口氣之後說：「他小學的時候，功課非常好喔。成績總是屬於班上最頂尖的。不過上了中學之後，就像從斜坡上滑下來那樣，成績一落千丈。他有天生像天才的地方，本來頭腦應該也很好的，只是個性好像不適合乖乖用功讀書。對學校這種體制無法習慣順應，一個人老是做些奇怪的事。我跟他相反。我本來頭腦並沒有多好，只是我肯乖乖認眞用功讀書。」

我並沒有特別熱心用功，卻沒問題地順利考上大學。可能只是運氣好。

「我非常喜歡阿明，他在人格上有很多優越的地方。不過有時候，很難跟上他那種極端的想法。關西腔方面也是這樣。明明是東京出生東京長大的人，爲什麼非要特地辛辛苦苦去說關西腔不可？我眞不懂。剛開始還以爲是開玩笑當好玩的，但卻不是。那個，他是認眞在做的喔。」

「他可能想成爲跟過去的自己不同的，別的人格吧。」我說。換句話說在做跟我相反的事。

「所以變成只會說關西腔嗎？」

「我想確實是很極端的想法。」

栗谷惠里香拿起披薩，開始咬起像大型紀念郵票般的一片。深思熟慮地咀嚼著，然後說：

「嘿，谷村君，因爲周圍沒有別的可以問這種事情的人，所以我才問你，沒關係吧？」

「沒關係。」我說。也沒別的答法。

「以一般論來說，如果一直親密交往的話，男孩子會向女孩子要求身體吧？」

「以一般論來說，我想大概會這樣。」

「如果親吻之後，就會想更進一步吧？」

「平常是會這樣。」

「你的情況也是這樣？」

「當然。」我說。

「不過阿明並不是這樣。一直兩個人單獨在一起，他也不會要求更進一步。」

該怎麼回答，花了一點時間選擇用語。然後我說：「這種事情畢竟是個人的事，因人而異，追求的方法也可能相當不同。木樽當然喜歡妳，但因爲一直感覺妳實在是身邊太自然的存在了，所以或許不能順利往那種一般論的方向推進也不一定。」

「你眞的這樣想嗎?」

我搖搖頭。「我無法斷定。因爲我沒有這種經驗。所以我只能說或許有這種情況也不一定。」

「我也想過他對我可能沒有感覺到性的慾望。」

「我想一定有感覺到性的慾望。只是要承認那個,可能單純覺得羞恥。」

「我們已經二十歲了。並不是說羞恥的年紀了吧?」

「不同的人,時間的進行方式也許稍微有點差異。」我說。

栗谷惠里香稍微思考了一下。她在思考什麼時,無論任何事情似乎都會很認眞地從正面思考。

「木樽可能在認眞尋找什麼。」我繼續說。「他以和普通人不同的方式,在他自己的時間裡,非常純粹地、筆直在尋找。但自己到底在追尋什麼,自己也沒能適當掌握。所以很多東西,還無法配合周圍順利前進。因爲在自己都不清楚在尋找什麼的情況下,要找東西是非常困難的事。」

栗谷惠里香抬起頭來,暫時什麼也沒說,只筆直看著我的眼睛。那黑色的眼珠正以小小的一點，鮮明而美麗地反射著蠟燭的火焰。我的眼睛不得不避開。

「當然他的事，妳應該比我更清楚。」我好像在辯解般說。

她再嘆一次氣。然後說：

「嘿，老實說，在阿明之外，我現在有跟另外一個男人交往。是同一個網球社比我高一年的學長。」

這次輪到我沉默。

「我打心裡喜歡阿明，我想我對別的任何人，可能都無法像對他那樣擁有那麼深的自然心情。跟他分開時，胸中一個特定的部分就會陣陣抽痛。像蛀牙痛那樣。眞的。我心裡有爲他特別保留的部分。但同時，該怎麼說才好，我心中也有想發現更不同的什麼，想接觸更多事物的強烈想法。可以說是好奇心、探求心、或可能性。那也是非常自然的東西，是想壓制都壓制不了的東西。」

就像無法完全收進盆栽中、生長旺盛的植物那樣，我想。

「我所說的迷惑，是指這種事情。」栗谷惠里香說。

「那麼妳最好把這種心情，對木樽老實說出來。」我小心地選擇用語說。

「隱瞞和別人交往的事，如果因爲什麼而被發現的話，木樽可能會受傷，那樣還是不太妙。」

「可是他能好好接受這件事嗎？也就是說我和別人交往的事。」

「妳的心情，我覺得他好像也可以理解。」我說。

「你這樣覺得？」

「我這樣覺得。」我說。

她這種感情的動搖，或迷惑，木樽可能理解吧。因爲他自己也正感覺到同樣的事情。在這層意義上他們確實是有共鳴的一對。但她具體上在做著的事（可能會做的事），木樽是否能平靜地接受，我就不太有自信了。在我看來，木樽並不是這麼堅強的人。不過對於她隱瞞、說謊的事，他應該更無法接受。

栗谷惠里香無言地望著被冷氣的風吹得搖搖晃晃的蠟燭火焰。然後說：

「我常常做同樣的夢。我跟阿明坐在船上。長途航海的大船。只有我們兩人在小船艙裡，那是深夜，圓形的窗外看得見滿月。但那月亮是由透明的漂亮冰塊做成的。而且下面一半沉在海裡。『那看起來是月亮，其實是冰塊形成的，厚度大約二十公分的東西。』阿明告訴我。他說：『所以到了早晨太陽出來的話，就會融化掉。趁著這樣看得見的時候，不妨好好欣賞喔。』那個夢我重複做了好幾次。非常美的夢。每次都是同樣的月亮。厚度每次都二十公分。下半部沉在海裡。我倚靠著阿明，月亮美麗地閃著光輝，我們只有兩個人，波浪聲音輕柔。但醒過來時，每次心情都會變得很悲傷。已經到處都看不見冰月亮了。」

栗谷惠里香沉默一下。然後說：

「我想如果我能和阿明兩個人單獨像這樣繼續航行的話，該有多美好。我們每天晚上兩個人緊緊依靠著，從圓形小窗看著冰月亮。雖然月亮到了早晨會融化掉，但夜裡就會又出現在那裡。不過也許不是這樣。某一夜，月亮也許不再出來。一想到這裡就非常害怕。明天自己會做什麼樣的夢，一想到這個，就會害怕得身體都發出聲音縮起來的地步。」

第二天，在打工的地方見到木樽時，他問我約會的事。

「有沒有接吻之類的？」

「不可能吧。」我說。

「做了我也不會生氣呀。」他說。

「反正沒做那種事。」

「手也沒牽嗎？」

「手也沒牽。」

「那麼做了什麼？」

「看了電影、散步、用餐、聊天。」我說。

「只有這樣嗎？」

「一般的情況，第一次約會不太會做積極的事。」

「哦，」木樽說：「因爲我沒什麼一般約會的經驗。所以不太清楚。」

「不過跟她在一起很快樂喔。如果那樣的女孩子是我的女朋友的話，無論有什麼理由，我都不會離開她身邊。」

木樽對這個想了一會兒。想說什麼，但又改變心意吞了回去。然後說：

「那麼你們吃什麼呢？」

我提到披薩和Chianti葡萄酒的事。

「披薩和Chianti葡萄酒？」木樽好像很驚訝地說。「她喜歡披薩，我一點都不知道。我們只去過蕎麥麵店或一般的定食餐廳。她還喝葡萄酒啊。我連她會喝酒都不知道。」

木樽自己完全不沾酒精。

「一定有很多你所不知道的方面喏。」我說。

在木樽的詢問之下，我把約會的細節都說了。伍迪·艾倫的電影的事（他連劇情都要我詳細說）、用餐的事（結帳付了多少錢，是分開付的嗎？）她穿的衣服（白色棉洋裝，頭髮往上綁起來）、穿什麼樣的內衣（不可能知道）、聊天的內容。當然沒提她跟學長實驗性地交往的事。也沒提夢見出現冰月亮的事。

「約好下次見面了嗎？」

「沒有，沒有約。」我說。

「爲什麼？你不是喜歡她嗎？」

「是啊，我覺得她非常漂亮。不過這種事情沒辦法一直繼續下去。因爲她是你的女朋友啊。就算你說可以，也不可能接吻吧。」

木樽對這尋思了一陣子。然後說：「嘿，從初中快結束的時候開始，我就定期去看心理醫生了。父母和老師叫我去的。在學校裡偶爾發生過一點那方面的問題。換句話說不尋常的事。不過，去看過心理醫生，有什麼變好了嗎？完全沒感覺。心理醫師，只有名字很響亮，其實都是馬馬虎虎的傢伙。一副他都知道的臉色，只要嗯嗯地聽人家說話就行了，要是這種的話我也會呀。」

「你現在還去嗎？」

「是啊。現在一個月去兩次左右。完全像把錢丟到臭水溝裡一樣。惠里香沒告訴你心理醫師的事嗎？」

我搖搖頭。

「老實說，我不知道，自己的想法有什麼地方不平常。以我的看法來說，我只是很平常地做著平常的事情而已。可是大家卻說，我在做的事情大多是不平常的。」

「我想確實也有不太平常的地方。」我說。

「例如什麼地方？」

「例如你的關西腔，以東京人後天去學習來說，就過分完美到異樣的地步。」

木樽對這點承認我的說法。「那麼，這種地方也許有一點不平常。」

「這可能會讓一般人感覺不舒服。」

「或許。」

「擁有平常神經的人，不太會做到那種地步。」

「確實可能。」

「不過依我看來，就我所知，就算不太平常，你這樣做，並沒有具體上給誰帶來麻煩。」

「到目前爲止。」

「那就行了啊。」我說。我那時候可能（不知道對誰）有點生氣。自己都知道語氣變得有點粗暴。「那有什麼不可以的？如果到目前爲止沒給誰帶來麻煩的話，那就行了吧。畢竟，除了到目前爲止的事之外，我們又能知道什麼呢？如果想說關西腔，就盡情地說吧。說到死也行。如果不想準備考試的話，不讀就算了。如果手不想伸進栗谷惠里香的內褲，不伸就是了。這是你的人生。想怎麼樣就怎麼樣吧。別管別人高不高興。」

木樽微微張開嘴，很佩服似的盯著我的臉看。「嘿，谷村，你眞是個好傢伙。雖然有時候會有點太平常。」

「沒辦法。」我說。「人格無法改變。」

「沒錯。人格無法改變。我想說的正是這個。」

「不過栗谷惠里香是個非常好的女孩。」我說。「她很認眞地爲你設想。無論如何，你最好都不要離開那女孩子。你再也找不到那麼棒的女孩子了。」

「我知道。這種事我很清楚。」木樽說。「不過光知道也沒用啊。」

「你別自說自答了。」我說。

然後過了兩星期左右，木樽辭掉喫茶店的打工。或者說，有一天突然不見蹤影。也沒說要請假。本來就是很忙的時期，所以喫茶店的老闆非常生氣地說：「眞是不負責任的傢伙。」還有一星期沒付的酬勞，他也沒來拿。老闆問我，是否知道木樽的聯絡方式，我說不知道。實際上我並不知道他家的電話號碼和地址。只知道他田園調布家的地點，和栗谷惠里香家裡的聯絡方式。

木樽要辭掉店裡工作的事，並沒有對我提過一句，沒來工作以後也完全沒有聯絡。只在我眼前很乾脆地消失蹤影而已。這件事我也覺得很受傷。因爲我以爲木樽和我已經是親密的朋友了。自己可以像這樣簡單地被割捨，對我來說當然很難過。因爲我在東京，除了他以外並沒有交過其他像樣的朋友。

不過有一件事令我擔心，那就是木樽在最後兩天變得話相當少。我跟他說話他也沒怎麼回答。然後就那樣消失掉。我也可以打電話給栗谷惠里香，問問他的消息，但不知怎麼提不起勁。那兩個人的事就交給他們兩人自己去處理吧。我這樣想。再被更深地捲進他們那複雜而微妙的關係裡，並不是太健全的事。我必須在自己所屬的微小世界裡，設法生存下去才行。

發生那件事後不久，我不知怎麼經常想起分手的女朋友。可能看到木樽和栗谷惠里香，感覺到什麼吧。有一次我寫了一封長信給她，向她道歉說覺得做了對不起她的事。我終於能對她表現得溫柔一些了。但那封信並沒有收到回信。

＊

我一眼就認出她是栗谷惠里香。過去我只見過她兩次，最後一次見面已經過了十六年。雖然如此我還是沒看錯。她和以前一樣表情生動而美麗。穿著黑色蕾絲質地的洋裝，黑高跟鞋，纖細的脖子上戴著兩串珍珠項鍊。她也立刻想起我。場所是在赤坂的飯店所舉行的葡萄酒試飲會的會場。必須穿正式禮服。因此我也穿了深色西裝打了領帶。關於我爲什麼會在那個會場，說來話長。她是主辦那場宴會的廣告公司負責人。看來很能幹地勤快動著。

「嘿，谷村君，那次以後你爲什麼沒跟我聯絡？我還想跟你慢慢多聊一些的。」

「因爲妳對我來說有點太美了。」我說。

她笑了。「這就算是社交辭令聽起來還是很舒服。」

「所謂的社交辭令，我這輩子還從來沒說過呢。」我說。

她微笑得更深。不過我說的既不是謊言，也不是社交辭令。我要對她認眞感興趣，她眞的太美了。無論是從前也好，現在也好。再加上，她的微笑以眞的來說也太美了。

「我幾天之後打電話到你打工的地方試看看，不過聽說你不在那裡了。」她說。

木樽不在了以後，我覺得工作變得非常無聊，所以我在兩星期後也向那家餐廳辭職。

栗谷惠里香和我，分別簡短地把自己走過的十六年人生概略說出。我大學畢業後在小出版社上班，三年後辭職，然後一直一個人以寫作爲業。二十七歲時結婚。目前沒有小孩。她還單身。工作很忙，被操得很厲害，實在沒時間結婚，她半開玩笑地說。我推測後來她可能經歷過很多次戀愛。她所散發的氣氛讓我這樣感覺。木樽的話題是她先提出來的。

「阿明現在在丹佛當廚師。」栗谷惠里香說。

「丹佛？」

「科羅拉多州的丹佛。至少兩個月前寄來的明信片上是這樣寫的。」

「爲什麼在丹佛？」

「不知道。」栗谷惠里香說。「在那之前明信片是從西雅圖寄來的，在那裡也是當壽司師傅。那是一年前左右了。有時候會像想起來似的寄一張明信片來。每次都寄傻瓜般的風景明信片，只寫寥寥幾個字。有時連寄件者的地址都沒寫。」

「壽司師傅。」我說。「結果，木樽還是沒去上大學嗎？」

她點點頭。「大概是夏天結束的時候吧，突然說出他不要再準備大學考試了。說這種事情一直做下去只有浪費時間。然後就進了大阪的烹飪學校。他說想正式研究關西料理，而且也可以常去甲子園球場看棒球賽。我當然問他『這麼重要的事你一個人就擅自決定，跑到大阪去，那我的事你打算怎麼辦？』」

「他怎麼說？」

她默不作聲。只緊緊咬著嘴唇。想說什麼，但如果說出口，眼淚可能會掉下來。無論如何不能讓她那纖細的眼部化妝受損。我立刻改變話題。

「上次跟妳見面的時候，在澀谷的義大利餐廳喝了便宜的Chianti葡萄酒喔。然而今天居然是納帕谷葡萄酒的品酒會。想想也眞是不可思議啊。」

「我記得很清楚。」她說。而且總算恢復了平靜的模樣。「那次我們兩個去看了伍迪・艾倫的電影。片名叫什麼來的？」

我告訴她片名。

「那部片子還滿有趣的。」

我也同意。那是伍迪・艾倫的最高傑作之一。

「那麼，那時候妳所交往的社團學長後來順利嗎？」我試著問她。

她搖搖頭。「很遺憾不太順利。該怎麼說好呢，彼此的心情不太能相通。交往了半年左右就分手了。」

「我可以問一個問題嗎？」我說。「一個很私人的問題。」

「可以呀。如果我答得出來的話。」

「問這種問題，希望不會讓妳不高興。」

「我努力看看。」

「妳有跟那個人睡覺嗎？」

栗谷惠里香好像吃了一驚般看了我的臉。兩頰稍微泛紅起來。

「嘿，谷村，爲什麼要在這裡提到那種事？」

「爲什麼喔？」我說。「我從以前開始就對這件事有點掛心。不過對不起，提出這種奇怪問題。」

栗谷惠里香輕輕搖頭。「沒關係。我並沒有不高興。只是被提到這種事未免太唐突了，有點吃驚而已。已經是很久以前的事了。」

我慢慢環視周遭。身上穿著正式服裝的來賓，分散四處正品嘗著杯中的葡萄酒。高級葡萄酒的瓶塞一一被拔起。年輕女鋼琴師正在彈奏著〈Like Someone in Love〉。

「答案是yes。」栗谷惠里香說。「我跟他上過幾次床。」

「好奇心、探究心和可能性。」我說。

她只稍稍微笑一下。「沒錯，好奇心、探究心和可能性。」

「我們就這樣製造出年輪。」

「如果你要這樣說的話。」她說。

「而且，或許妳跟那個人第一次有這種關係，是跟我在澀谷約會之後不久是嗎？」

她在腦子裡翻閱著紀錄的頁面。「是啊。我想應該是在那一星期左右之後。那前後的事情我還算記得比較清楚。因爲那對我來說是第一次擁有那種經驗。」

「而且木樽是一個很敏感的男人。」我邊看著她的眼睛這樣說。

她垂下眼睛，暫時用手指一粒粒順序摸弄著項鍊上的珍珠。彷彿在確認著那是否依然好好附在那裡。然後才像想起什麼似的，輕輕嘆一口氣。「是啊。確實正如你所說的。阿明擁有非常敏銳的直覺。」

「不過，結果跟那個人並不順利。」

她點頭。然後說：「很遺憾，我頭腦沒那麼好。所以需要繞道之類的。現在可能也還在繼續繞遠路。」

我們大家都在繼續繞遠路走。我本來想這樣說，但只沉默著。說太多固定的臺詞，也是我的問題之一。

「木樽結婚了嗎？」

「就我所知，還單身。」栗谷惠里香說。「至少沒收到已經結婚的通知。或許我們兩人，都沒辦法好好結婚。」

「或許只是，分別都在走遠路繞圈子而已。」

「或許。」

「有一天你們會在什麼地方重逢，然後又在一起，難道沒有這種可能性嗎？」

她笑著低下頭，輕輕搖頭。那動作是否意味著什麼，我不太清楚。也許表示沒有那種可能性。也許表示去想那種事情也沒有用。

「現在還會夢到冰月亮嗎？」我試著問。

她好像被什麼彈到似的猛然抬起頭，看我。微笑終於在她臉上漾開。非常安穩地，花了恰好必要的時間。而且那是打從心裡發出的自然的微笑。

「你還記得那個夢啊？」

「不知怎麼記得很清楚。」

「即使是別人的夢？」

「夢這種東西，一定是可以隨需要借來借去的。」我說。我確實可能說了太多固定的臺詞了。

「這種想法很美。」栗谷惠里香說。臉上還留著微笑。

有人從後面叫她。可能是需要回去工作的時候了。

「已經不再做那種夢了。」她最後說。「不過我現在還清清楚楚記得那個夢。那裡面的情景，當時的心情，那些不容易忘記。可能永遠不會。」

然後栗谷惠里香越過我的肩膀，眺望著某個遠方一會兒。簡直就像在夜空尋找著冰月亮般。然後忽然轉過頭，快速走開了。可能是到洗手間去重新整理眼妝吧。

比方說正在開著車子，從汽車音響傳來披頭四的〈Yesterday〉時，我腦子裡就會忽然浮現木樽在浴室裡唱著的那古怪的歌詞。然後後悔，當時如果把那全部抄在什麼地方就好了。因爲那歌詞太不可思議了，所以有一段時間還記得很清楚，但不久就漸漸變模糊，終於幾乎忘光了。想得到的只有片段的部分而已，那是否就是木樽所唱的原樣，現在也無法確定了。因爲記憶是會不可避免地繼續替換下去的。

在二十歲前後的那段日子，我曾經有幾次努力試著寫日記，但無論如何都不順利。當時我周遭陸續發生了很多事情，要追上去已經很吃力了，實在沒有餘力停下來把當時所發生的事一一記下。而且那些大半不是會讓我想到「這無論如何都有必要記錄下來」的那種事。對我來說，在強烈的逆風中要睜開眼睛，調整呼吸，往前進已經很勉強了。

不過很奇怪，木樽的事情我卻記得很清楚。雖然只不過是幾個月之間的朋友，但每次聽到收音機播出〈Yesterday〉時，圍繞著他的各種情景和對話就會在我的腦子裡自然地甦醒過來。在田園調布他家浴室，兩個人所談過的各種長話。關於阪神虎隊打線所具有的問題點，做愛所包含的各種麻煩要素，準備入學考之無聊，大田區立田園調布小學建校的來龍去脈，黑輪和關東煮思想的差異，關西腔語彙的感情之豐富等。還有關於在他的強烈建議下，和栗谷惠里香所做的唯一一次奇怪的約會。關於栗谷惠里香在義大利餐廳隔著蠟燭對我透露的事情。那時候，那些事，名副其實感覺就像昨天才剛發生的一樣。音樂具有清清楚楚喚醒那種記憶的效用，有時清晰得令人心痛的地步。

不過試著回顧自己二十幾歲時，能想得起來的，只有我是多麼孤單而孤獨的事而已。既沒有可以溫暖我的身體和心靈的戀人，也沒有可以掏心挖肺吐露心聲的朋友。每天既不知道該做什麼才好，也沒有可以描繪未來的理想願景。大多只是深深關閉在自己的內心而已。也曾經整星期幾乎沒跟任何人說過一句話。這種生活繼續了一年左右。漫長的一年。雖然那個時期是否已成爲嚴酷的冬天，在我這個人的內側留下珍貴的年輪，連我自己都不知道。

當時，我也感覺到自己像是每天晚上，從圓形的船窗看著冰月亮似的。厚二十公分，凍成堅硬冰塊的透明月亮。不過我身邊沒有任何人。那月亮有多美麗多冰冷，都無法跟任何人分享，只能一個人看。

昨天是／明天的前天
前天的明天

我但願木樽在丹佛（或其他某個遠方的城市）幸福地活著。就算稱不上幸福，至少在今天這個日子沒什麼匱乏之地，健康地過著。因爲明天我們會做什麼樣的夢，誰也不知道。

獨立器官

有些人由於太直了，缺乏內在的曲折和煩惱，而不得不以驚人的技巧走過人生。這種人雖然不算多，不過偶爾可以看到。渡會醫師也是其中的一個。

這種人爲了讓筆直的自己（說來是）配合周圍曲折的世界活下去，或多或少都需要做一些調整，大多的情況，本人並沒有發現，自己是運用了多麻煩的技巧度過每一天的。腦子裡完全相信，自己完全是以自然體，既沒有暗中算計也沒有運用花招只是坦率地活著而已。但當他們由於某種偶然的機緣，被什麼地方折射進來的特殊陽光照到，才忽然想到自己行爲的人工性，或非自然性時，事態有時已經面臨悲痛、或喜劇性的局面了。當然也有不少人幸而（只能這麼說）到死都不曾看見那種陽光，或即使看見了也沒有特別感受到什麼。

當初是如何得知渡會這個人的，我想在這裡先記述一下。那些事情大半是我從他自己口中直接聽來的，不過其中也部分混合了一些從他親近的——而且足以信賴的人所說的話收集而來的。或多少也含有一些我所觀察到他日常的言行，個人推測「一定是這樣」的事情。就像填補事實和事實之間空隙的柔軟補土的形式那樣。換句話說我想說的是，這不是純粹只靠客觀事實所形成的人物肖像。所以讀者諸君，筆者並不建議各位把這裡所描述的事情當成審判證據般的形式，或商業交易的背書資料（雖然也無法猜測那會是什麼樣的商業交易）來使用。

不過如果能就那樣一直往後退（請事先確認背後沒有懸崖），隔一段適當距離來眺望那肖像的話，應該會知道，細部的微妙眞僞並不是那麼重要的問題。而且渡會醫師這麼一號人物，應該會立體而鮮明地浮現出來——至少筆者這樣期待。總之，該怎麼說才好呢，他是一個「引起誤解空間」不太寬裕的人。

我並不是要說他是個容易了解的單純人物。至少他的某部分，是複雜而複合的，不容易掌握的人物。我當然不知道，在那意識之下擁有什麼樣的黑暗，或那背後背負著什麼樣的原罪。話雖如此，但在那行爲模式的一貫性文脈上，或許可以斷言要描繪他的全體像還算比較容易。以一個職業文字工作者來說，或許有點僭越，不過當時我擁有這樣的印象。

渡會五十二歲了，從來沒有結過婚。連同居經驗都沒有。他一直一個人住在麻布一棟雅致大廈六樓的一間兩房公寓裡。可以說是堅定的獨身主義者。烹飪、洗衣、燙衣、掃除，家事樣樣都行，每個月請專業清潔業者來兩次。本來個性就喜歡清潔，做家事並不覺得辛苦。有需要時也能調雞尾酒，從馬鈴薯燒肉到烤紙包鱸魚，也能做出一桌菜來（這方面的廚師大多會這樣，在購入食材時不惜成本，因此基本上都能做出美味食物）。因此幾乎從來不會因爲家裡沒有女人而覺得不方便，或一個人獨處感到無聊，或一個人睡覺覺得寂寞。至少到某個時間點爲止沒有過。

職業是美容整型外科醫師。在六本木經營「渡會美容診所」。是從相同職業的父親繼承下來的。當然跟女性認識的機會總是很多。雖然絕對稱不上美男子，但容貌上沒有缺點，可以說還算端正（自己從來沒想過要接受整型手術），診所經營極爲順利，獲得很高的年收入。家庭出身好、儀態高尚、教養好、話題豐富、頭髮也還很濃厚（雖然已經開始有少許明顯的白髮），各處多少開始有些贅肉，但因爲熱心到健身房鍛鍊，總算還維持著年輕時的體型。所以，這種直率的措辭或許會引起世間不少人的強烈反感，不過他到目前爲止從來不缺少交往的女性。

渡會不知怎麼，從年輕時候開始，就對結婚成家完全不抱希望。很奇怪地清楚確信婚姻生活不適合自己。因此，對於以結婚爲前提想和男性交往的女性，無論對方多麼有魅力，他都會從一開始就避開。結果，他選擇作爲女朋友的對象，多半只限於有夫之婦，或其他另有「眞命」戀人的女性。在維持著這種設定之下，首先就不會發生對方殷切希望和渡會結婚的情況。說得更容易了解的話，就是渡會對她們來說經常都是輕鬆的「2號戀人」，方便的「雨天用男朋友」，或輕便適中的「外遇對象」。而且老實說，唯有這種關係，是渡會最得意，覺得最舒服的女性交往方式。除此之外，例如被要求負起某種伴侶形式責任分擔的男女關係，經常會讓渡會感到心情惡劣無法鎭定。

她們除了自己之外，還有別的男人這件事，並不會讓他煩心。肉體終究只不過是肉體而已。渡會（主要是以醫師的立場）這樣想，她們大體上也（主要是以女性立場）這樣想。對渡會來說，只要她們在跟自己見面時，能只想著自己就夠了。其他時間她們要想什麼、做什麼，完全是她們個人的問題，不是渡會該一一去煩惱的問題。更別說去開口過問了。

對渡會來說，跟女性一起用餐，喝葡萄酒，快樂聊天本身就是一種純粹的歡愉。做愛只不過是那延長線上的「另一件樂事」而已，那本身並非終極目的。他所追求的，首先超越一切的是和有魅力的女人親密而知性的接觸。之後的事是之後的事。因此女人的心自然被渡會所吸引，可以盡情享受跟他共度的時光，結果就會主動接受他。這雖然只不過是我個人的見解，但世上的許多女人（尤其是有魅力的女人），已經吃膩了對性貪得無厭的男人。

過去將近三十年，和幾個女人有過這種關係，也曾想過如果數過就好了。不過渡會本來就是個對數量不太有興趣的人。他所追求的始終是質。而且不太在意對方的容貌。只要沒有重大缺點足以挑動他職業上的關心，或無聊到光看著就會令人打哈欠的程度，就夠了。容貌這種東西，只要有心，而且存夠該有的錢，幾乎想變什麼模樣都行（身爲專家，他知道這個領域許多驚人的實例）。相較之下，他給予更高評價的是，頭腦轉動靈活，具有天賦幽默感，和擁有優越知性品味的女人。那些缺乏話題，沒有自己主見的女人，容貌越出色，反倒越令渡會掃興。無論擁有多高明的手術都無法提高知性技能。以機靈的聰明女性爲對象，用餐時愉快對話，上床時一邊接觸肌膚一邊漫無邊際地愉快談話。渡會把這種時間視爲人生至寶般珍惜。

他從來沒有因爲女性關係而有過嚴重的麻煩。錯綜複雜的感情糾葛，並不是他所喜歡的。由於某種情況，讓他開始看到那種不祥的烏雲接近地平線的預兆時，他會手法俐落而漂亮地，絲毫不讓事情鬧大，以盡可能不讓對方受傷的形式抽身退出。簡直就像影子在日落後，快速而自然地混進黑暗中去一般。他身爲資深的單身者，精通這樣的技術。

和女朋友們分手幾乎是定期性的來臨。另外有戀人的單身女郎多半到了某個時期就會告訴他：「非常遺憾，我想我不能再跟你見面了。因爲我決定不久就要結婚了。」她們多半會在快到三十歲之前，或快到四十歲之前決心結婚。就像接近年底時月曆就會暢銷一樣。對於這種通知，渡會通常都是平靜地收下，而且臉上浮現帶著適度哀傷的微笑。雖然很遺憾，不過那也是沒辦法的事。結婚這種制度，對他自己就算完全不適合，但畢竟還是神聖的事情。不得不尊重。

這種時候，他會買一樣高價值的結婚禮物，祝福對方：「恭喜結婚。祝福妳比誰都幸福。因爲妳是聰明而迷人的美麗女人，因此有這樣的權利。」那也是他的眞誠心意。她們（可能）因渡會出於純粹的善意所付出的美好時光，而爲她們帶來人生中貴重的一部分。光是這樣就心存感謝了，還能對他要求什麼呢？

但那樣圓滿完成神聖結婚的女人，幾乎有三分之一，過幾年後還會打電話給渡會。並以明朗的聲音邀他說：「嘿，渡會先生，要不要到什麼地方去玩？」於是他們又再開始擁有舒服的，但很難說是神聖的關係。從輕鬆的同樣單身者，轉移到單身者和有夫之婦的稍微複雜（因而喜悅更深）的關係。不過實際上兩人所做的事情——只是技巧性增加幾分而已——幾乎一樣。剩下的三分之二結婚後不再見面的女人，則不會再聯絡了。她們可能過著安穩而滿足的婚姻生活。成爲優秀的家庭主婦，可能也生了幾個孩子。以前他溫柔地愛撫過的美麗乳頭，現在可能正在給嬰兒餵奶。渡會爲這個也感到高興。

渡會的朋友幾乎都結婚了。也有孩子了。渡會造訪過幾次他們家，但從來不覺得羨慕。孩子小時候還馬馬虎虎算是可愛的，但上了國中和高中之後幾乎沒有例外地開始憎恨、侮蔑大人，像要報復般製造令人傷腦筋的問題，讓雙親的神經和消化器官痛苦不堪。另一方面，雙親則滿腦子只想讓孩子升上名門學校，經常爲學校成績而煩躁生氣，夫婦間不斷爲了推卸責任而發生口角。孩子在家悶不吭聲，一個人窩在房間，不是上網跟同學聊個沒完，就是沉溺在莫名其妙的色情電玩裡。渡會無論如何都不想自己也擁有這樣的孩子。「不管怎麼說，有孩子還是很好喔。」雖然朋友們異口同聲地這樣說，但那種推銷話語畢竟不可信賴。他們可能想把自己肩負的重擔，讓他也背負而已。他們都以爲有義務讓全世界的人都遇到和自己一樣淒慘的境遇而已。

我自己年輕時候就結婚了，從此以後一直繼續維持婚姻生活，因爲碰巧沒有小孩，所以某種程度還可以理解他那種見解（就算看得出有點公式化的偏見和修辭性的誇張）。甚至幾乎認爲可能正如他所想的。當然案例不盡然都那麼悲慘。在這廣大的世界上，還是有孩子和雙親始終維持良好關係的美好幸福家庭存在——大約等於足球出現一人連進三球的機率。不過我能不能成爲那少數幸運的父親呢？完全沒有那種自信，也（實在）不認爲渡會是能成爲那種父親的類型。

如果不怕誤解地以一句話來表現的話，渡會是一個「待人友善」的人物。至少表面上完全看不到諸如不服輸、自卑感、忌妒心、過度偏見或自尊心太強、對什麼過於固執、過分敏感、政治見解頑固，這類對人格平衡之安定可能造成損傷的要素。周圍的人都喜愛他那開朗隨和的性格，有教養有禮貌的儀表，明朗積極的態度。而渡會的這種美好特質，尤其有效地集中在對女性——占了人類幾乎一半——的方面。對女人體貼入微細心呵護，雖然是他這種職業的人不可或缺的技能，但渡會的情況，那好像並不是因爲迫於需要、後天學來的技術，而是天生自然的資質。就像優美的聲音，和修長的手指那樣。因此（當然加上技術確實也有關係），他所經營的診所生意興隆。沒在雜誌上刊登廣告，也經常排滿預約。

正如讀者諸君可能也知道的那樣，那些「待人友善」的人物往往在人格上缺乏深度，多半平凡而無聊。但渡會的情況並非如此。我經常在週末和他一起喝啤酒愉快地度過一小時。渡會很健談，話題也豐富。他的幽默感中並不帶有複雜的含意，直接而實際。他告訴過我許多有關美容整型的有趣內幕（當然是在不侵犯保密義務的程度內），為我開示許多有關女人的趣味資訊。但那些話從來不會流於俗套。他談到她們的事情時經常都帶著敬意和愛心，而且小心注意不要洩漏特定個人的相關資訊。

「所謂紳士，是指不多談繳過的稅金，和睡過的女人的人。」有一次他對我說。

「那是誰說的？」我問。

「是我自己說的。」渡會面不改色地說。「當然有關稅金的事，有時必須跟會計師談。」

對渡會來說，同時擁有兩三個「女朋友」是很正常的事。她們分別有丈夫或戀人，因此以那邊的時間爲優先，當然他能得到的時間相對會減少。所以同時保有幾個戀人，對他來說畢竟是很自然的事，也不特別覺得不誠實。不過當然這種事情對女方則保持沉默。雖然盡可能不說謊，不過不必公開的情報就不公開，也是他的基本態度。

渡會所經營的診所，有一位長年爲他工作的優秀男祕書，彷彿熟練的機場塔臺控制人員般，妥善地爲渡會安排這種複雜的時間表。除了安排工作計畫之外，調整下班後與女性往來的私人時間表，曾幾何時也成爲他的職務之一。他完全掌握了渡會多彩私生活的所有細節，但從不多說什麼。對他忙碌的模樣也見怪不怪。始終只是事務性打理一切。爲他巧妙地排開和女人的約會，小心不要撞期。連渡會現在所交往的每一位女人的月經週期——可能一時令人難以置信——他都大致記在腦子裡。渡會和女人去旅行時，他會預先買好車票，訂好旅館或飯店。如果沒有這位能幹的祕書的話，想必渡會華麗的私生活不會營運得如此華麗，絕不會錯。他心存感謝之餘，每逢適當機會總會送禮物給那位英俊的祕書（當然是同性戀）。

幸虧一次都沒發生女朋友和自己的關係，被她們的丈夫或戀人知道，而引起重大問題，讓渡會處於難堪立場的事情。他本來個性就很謹慎，也忠告女人盡量小心。不要急躁地勉強行事，不要沿用同一個模式，非說謊不可時盡量說單純的謊，這三點是他提議的重點（那大體就像教海鷗在空中飛似的，但總之小心再小心）。

話雖如此，也並非完全沒有麻煩。以這麼多女人爲對象，長年下來一直維持如此巧妙的關係，再怎麼說也不可能毫無麻煩。連猴子都會有沒抓穩樹枝的日子。其中總有稍微不夠小心的女性，曾經有疑心重的戀人打電話到他的辦公室來，對醫生的私生活，和倫理性提出疑問（由他能幹的祕書以巧妙的言詞處理掉）。也有與他的關係過度深入，判斷力稍微開始混亂起來的有夫之婦。對方的丈夫碰巧是著名的格鬥術選手。不過那件事也總算沒有鬧大。沒發生醫師的肩膀骨頭被打斷的不幸事態。

「那只是運氣好而已吧？」我說。

「大概。」他說著笑了。「可能是我運氣好吧。但不只是這樣而已。雖然實在不能說我這個人頭腦好，不過對於這種事情卻意外地機靈。」

「機靈。」我說。

「該怎麼說才好呢？遇到危險時，智慧會忽然湧現……」渡會開始含糊起來。好像一時想不起實例來。或者，他顧慮那是否該說出口。

我說：「說到機靈，法國導演楚浮的老電影中有這樣一幕。女人對男人說：『世上有很有禮貌的人，有機靈的人。當然兩種都是良好的資質，但多半的情況，機靈的人會贏過有禮貌的人。』你看過那部電影嗎？」

「我想沒有。」渡會說。

「她舉出具體的例子說明。例如有一位男士打開門，室內有一位女性赤裸著身子，正在換衣服。『失禮了，夫人』，說著立刻關上門的是有禮貌的人。相對的，『失禮了，先生』，說著立刻關上門的是機靈的人。」

「原來如此。」渡會佩服地說。「非常有趣的定義。很清楚那想說什麼。我自己也遇到過幾次那種狀況。」

「於是每次都發揮機智，巧妙地脫困嗎？」

渡會面有難色。「不過我不想對自己評價過高。我想基本上還是運氣好吧。我畢竟只是碰到好運的有禮貌的男人。這樣想可能比較安全。」

無論如何，渡會的這種幸運生活大約一直持續了三十年。漫長的歲月。然後有一天，他想都沒想到會深深墜入情網。簡直像聰明的狐狸不小心掉落陷阱一般。

他墜入情網的對象是小他十六歲的，已婚女子。大兩歲的丈夫在外資的ＩＴ公司上班，有一個孩子。五歲的女兒。她跟渡會交往一年半了。

「谷村先生，你有沒有下定決心不要太喜歡誰，因而努力過？」渡會有一次這樣問我。我想那是初夏時分。跟渡會認識一年以上了。

我回答說沒有那種經驗。

「我以前也沒有那種經驗。但現在有了。」渡會說。

「你正在努力不要太喜歡某人嗎？」

「沒錯。就是現在，正在這樣努力。」

「爲什麼？」

「理由非常簡單。因爲太喜歡的話心情會很悲傷。難過得不得了。因爲心無法承受那負擔，所以盡量努力不要太喜歡她。」

他似乎很認眞地這樣說。從那表情中看不到平常的幽默跡象。

「具體上是如何努力呢？」我問。「換句話說，如何能不要太喜歡？」

「很多方面。試著做過各種事情。不過基本上，盡量去想負面的事情。她的缺點、或不太好的點，一想到就把那挑出來，列出表來。並在腦子裡像念經般反覆唸好幾次又好幾次，對自己說不要過分喜歡這種女人。」

「順利嗎？」

「不，不怎麼順利。」渡會搖搖頭說。「有一點是我想不起太多她的缺點，而另一點是事實上連這種負面部分都強烈吸引我的心。還有一點是，對自己的心來說，我連什麼是過分的，什麼不是，都分不清了。看不清楚那界線。我有生以來第一次懷有這種漫無邊際，分不清差別的心情。」

我問他，到目前爲止和那麼多女性交往過，難道從來沒遇到過心這麼亂的情況嗎？

「第一次這樣。」醫師很乾脆地說。然後把舊的記憶從後面拉出來。「這麼說來我高中時候，時間雖然短，但也嘗過和那類似的滋味。想到某個人時心會隱隱作痛，幾乎無法去想其他任何事情……。不過那是沒來由的單戀般的事。但現在和那完全不同。我已經是堂堂的大人了，現實上也和她擁有肉體關係。然而我卻感到如此混亂。繼續想著她時，會覺得連內臟機能好像都變得怪怪的了。尤其主要是消化器官和呼吸器官。」

渡會好像要確認消化器官和呼吸器官的狀況般，暫時保持沉默。

「聽你說來，你一方面繼續努力不要太過於喜歡她，同時好像也一直希望不要失去她是嗎？」我說。

「是的，沒錯。那當然是自我矛盾。自我分裂。我同時希望著正相反的事情。無論多努力都不順利。但沒辦法。無論如何都不能失去她。如果那樣的話，連我自己都可能消失掉。」

「但對方已經結婚，也有一個孩子。」

「沒錯。」

「那麼，她對和渡會先生的關係是怎麼想的？」

渡會稍微歪一下頭，選著用語。「她對和我的關係是怎麼想的，這只能推測，但推測只會讓我的心更亂。她明白說過沒打算跟現在的丈夫離婚。因爲有孩子，而且也不想破壞家庭。」

「卻繼續和你保持關係。」

「現在，我們一找到機會就見面。以後會怎樣則不清楚。她怕被丈夫知道跟我的關係，可能什麼時候就會停止跟我見面。或眞的被丈夫知道了，我們可能現實上變得無法再見面。或者她會單純只對跟我的關係感到膩了也不一定。我完全不知道，明天會發生什麼事。」

「而且渡會先生最害怕的就是這件事。」

「對，我一想到這幾種可能性時，就無法再思考其他任何事情。東西也幾乎無法下嚥。」

和渡會醫師是在我家附近的健身房認識的。他總在週末上午抱著壁球拍去那裡，不久也開始跟我一起打了幾場。他彬彬有禮，體力好，也不太在意勝負，因此要輕鬆享受打球樂趣，他正是理想的對象。我雖然比他稍微年長，但幾乎屬於同年代（這是前一陣子才知道的事），壁球的技術程度也相同。兩個人渾身是汗地追著球跑，然後到附近的啤酒屋去一起喝生啤酒。出身好，受過高等專門教育，就像大多出生後幾乎從來沒爲金錢吃過苦的人那樣，渡會醫師基本上只想到自己的事。雖然如此，正如前面所述的那樣，他是個可以愉快交談的有趣對象。

知道我的工作是寫文章後，渡會在閒談之餘，開始透露一些個人的內心話。或許他認爲，寫文章的人就像心理治療師和宗教家那樣，也有聽取別人私事的正當權利（或義務）。不只是他，我之前也有幾次從各種人得到相同的經驗。話雖如此，但我本來就不討厭聽別人的事，尤其聽渡會醫師所提到的私人祕密更是趣味無窮。他基本上是正直而坦率的，可以公平地適度看待自己。而且也不太害怕在別人面前披露自己的弱點。這是世上許多人所沒有的資質。

渡會說：「我交往過好幾個容貌比她秀麗的女人、身材比她美的女人、品味比她好的女人、或頭腦比她靈光的女人。但這種比較沒有任何意義。因爲她對我是特別的存在。應該可以說整體的存在吧。她所擁有的一切資質，都朝向一個中心緊緊聯繫在一起。無法一項一項抽出來，去測量或分析說這比誰差，這比誰強。而且那中心的東西強烈地吸引我。像強力磁石那樣。那是超越道理的。」

我們邊吃著炸薯條和醃小黃瓜，邊大杯喝著「Black & Tan」。

「有這樣一首和歌：『相見歡，之後的心事，昔日之思念，難以相比』。」渡會說。

「權中納言敦忠。」我說。連自己都不知道怎麼會記得這種事。

「所謂『相見歡』，是伴隨男女肉體關係的幽會，在大學的課堂裡學過。當時只想到『啊，是這麼回事』而已。到了這個年紀，才眞正能體會到那首歌的作者是懷著什麼樣的心情寫的。和愛慕的女性相會、身體結合、說再會，分開後感到深深的失落。滿心苦惱，是幽會前的思慕所無法比的。試想起來，這種心情千年以來絲毫沒有改變啊。而且自己過去居然沒有親身體會到那樣的感情，深深感到自己根本不能算是一個完整的人。覺悟得未免太遲了。」

我想，這種事沒有太遲或太早，我說。就算有點遲，總比到最後都沒發覺要好得多吧。

「不過這種心情，年輕的時候經驗過可能比較好。」渡會說。「那麼應該可以形成免疫抗體之類的東西。」

我想應該沒辦法分得那麼清楚吧。我就知道幾個人，不但沒能形成免疫抗體，反而體內變得一直懷著惡質的潛在病根。不過因為說來話長，關於這個我什麼都沒說。

「我跟她交往一年半了。她丈夫因爲工作的關係經常到海外出差，那種時候我們會見面吃飯，然後到我房間一起上床。她跟我發生這種關係的契機，是從知道她先生有外遇開始的。她先生向她道歉，也跟對方分手了，並保證不會再發生這種事。但她的心情卻無法因此平復。換句話說她是為了找回精神上的平衡，才開始跟我有了肉體關係的。要說報復可能太嚴重了，但女性需要這種心理上的調整，是常有的事。」

這種事是不是常有的，我不知道，不過總之我默默聽他說。

「我們一直很快樂，相處得很舒服。聊得很開心，共享只屬於兩人的親密的祕密，花時間細膩地做愛。我們感覺共度了美好的時光。她笑聲不斷。笑得非常開心。不過那種關係繼續下來，我逐漸深深愛上她，變得無法自拔，因此最近我經常開始思考。我到底是個什麼樣的人。」

我覺得最後一句好像沒聽清楚（或聽錯了），因此請他再說一次。

「我說我最近經常會想，我到底是個什麼樣的人。」他重複說道。

「是個很難的疑問。」我說。

「是啊。非常難的疑問。」渡會說。而且好像要確認那難度般點了幾次頭。我的發言中所含的輕微諷刺，他似乎並沒發覺。

「我到底是什麼呢？」他繼續。「我身為一個美容整型醫師，過去一直不抱任何疑問地努力工作到現在。在醫學大學的整型外科接受教育，剛開始當助手幫助父親的工作，父親眼睛不行了退休之後，我就一直負責診所的營運。自己說雖然不太適當，不過我想以外科醫師來說技術算是好的。在美容整型的領域其實玉石混淆良莠不齊，有些地方只有廣告氣派，實際情況其實相當馬虎。但我們卻始終憑著良心在做，和顧客之間從來沒有發生過重大糾紛。這件事我擁有專業上的自豪。私生活方面也沒有不滿。朋友很多，身體到目前爲止也很健康沒問題。生活自得其樂。不過最近卻經常想到，我到底是個什麼樣的人。而且是相當認眞地想。如果把我除掉美容整型外科醫師的能力和生涯的話，如果失去現在所有的舒適愉快生活環境的話，而且如果沒有附加任何說明而把我以一個赤裸裸的人丟到世界上的話，我到底會變成什麼？」

渡會筆直看著我的臉。像要尋找某種反應。

「爲什麼會忽然開始去想那種事？」我問。

「會開始這樣想，我想可能也因爲前不久我讀了有關納粹集中營的書。裡面寫到戰爭中被送到奧斯維辛的內科醫師的事。一個在柏林當開業醫師的猶太人市民，有一天和家人一起被逮捕，被送進集中營。一直以來他受到家人熱愛，被人們尊敬，受患者信賴，在雅致的宅第中過著滿足的生活。養了幾隻狗，週末化身爲業餘大提琴手，和朋友一起演奏舒伯特或孟德爾頌的室內樂。享受著安穩而充實的人生。然而轉瞬之間卻被送進人間地獄般的地方。在那裡他不再是個富裕的柏林市民，不再是受尊敬的醫師，甚至連人都不是。被迫和家人分散，遭到形同野狗的待遇，連食物都難以得到。長官得知他是名醫，想到可能某種程度還有用處，暫且讓他不必死於毒氣，但明天卻不得而知。端看警衛的心情如何，或許忽然會被棍棒打死。他的家人也許已經被殺。」

他稍微停頓一下。

「在這裡我忽然想到。這個醫師所經歷的可怕命運，雖然場所和時代不同，但我的命運也可能完全一樣。如果我因爲某種原因——雖然不知道是什麼原因——突然被從現在的生活拉下來，一切特權都被剝奪，變成只剩一個號碼的存在，我到底會變成什麼？我闔上書本開始沉思。除了身爲美容整型外科醫師的技術和信用之外，只是個沒有任何長處、沒有任何特技的、五十二歲的男人。雖然還算健康，但體力已經不如年輕時候。無法長時間承受激烈的肉體勞動了。我所得意的事情，說來只有能選美味的Pinot Noir葡萄酒，知道幾家會賣我面子的餐廳和料理店，會選送女人的雅緻飾品，稍微會彈一點鋼琴（簡單的樂譜第一次看就能演奏），頂多只有這樣。但如果被送到奧斯維辛的話，這些東西就毫無用處了。」

我同意。關於Pinot Noir的知識、業餘鋼琴演奏、瀟灑的聊天技巧，在那種場所大概毫無用處。

「很失禮，不過谷村先生沒想過這種事嗎？如果自己的寫作能力被剝奪的話，自己到底會變成什麼？」

我向他說明。我的出發點是「什麼都沒有的一個人」，和赤裸裸沒兩樣地開始的人生。由於一點偶然的際遇碰巧開始寫東西，幸運地總算能靠那個活下去。自己沒有任何長處也沒有任何特技，所以為了認知自己只不過是一個小市民，不必大費周章地搬出像奧斯維辛集中營這樣大的假設來。

渡會聽了認眞思考一下。對他來說似乎還是第一次聽到，有這種想法存在。

「原來如此。這種人生，可能比較輕鬆啊。」

什麼也不是的人，從赤裸裸開始的人生，也不能說是多輕鬆吧，我客套地指出。

「當然。」渡會說。「當然正如你所說的。從什麼也沒有的地方開始的人生，應該相當辛苦。我想在這方面自己比別人幸運。不過到了某個年紀之後，已經有了自己的生活風格之類的東西，也算有了社會地位，這樣之後才對自己這個人的價値開始深深懷疑，在別的意義上其實感觸很深。開始感覺自己向來所度過的人生，好像完全沒有意義，都是徒勞無益的東西。如果還年輕的話還有改變的可能，也還可以抱有希望。但到了這個年紀之後，過去的重擔會沉重地壓過來。沒辦法輕易地重新來過。」

「是因爲讀了有關納粹集中營的書這樣的契機，才開始認眞思考這種事情的嗎？」我說。

「是啊，所寫的內容，很奇怪地讓我受到個人性的衝擊。加上和她未來的前途還不明朗，我一時陷入輕微的中年憂鬱般的狀態。一直在思考自己到底是什麼。不過無論怎麼思考，都找不到像出口的東西。只有在原地打轉而已。以前愉快地做著的各種事情，怎麼做都不覺得有趣了。既不想運動，也不想買衣服，連打開鋼琴蓋都嫌麻煩。也沒心情吃東西。安靜不動時，腦子裡想的全是她的事情。連工作中面對顧客時，也會想起她。差一點叫出她的名字。」

「跟那個女人見面多頻繁？」

「不同情況完全不一樣。要看她先生的時間。那也是讓我覺得難過的事情之一。當他長期出差旅行時我們會持續見面。那樣的時候她會把孩子託在娘家，或請人照顧。但她丈夫在日本時，會幾星期都見不到面。那樣的時期相當難過。一想到可能再也見不到她時，很抱歉，這樣表現雖然陳腐，不過身體就像要撕裂成兩半那樣。」

我默默傾聽他說。他所選擇的用語雖然平凡，但聽起來並不陳腐。反而有眞實感。

他慢慢吸進空氣，再吐出來。「我大體上經常保持不只一個女朋友。或許會令人感到驚訝，但多的時候有四、五個女人。不能跟誰見面的時期就和別的女人見面。這樣倒也過得相當輕鬆愉快。不過自從心被她強烈吸引之後，不可思議地不再感覺其他女人有魅力了。就算和其他女人見面，腦子裡還是經常有她的容貌。無法把她的影子趕走。眞是重症。」

重症，我想。眼前浮現渡會打電話叫救護車的光景。「喂喂，救護車請馬上過來。眞的是重症。呼吸困難，現在胸部快要撕裂成兩半了……」

他繼續說：「有一個大問題是，知道她越多，就越喜歡她。跟她這樣交往了一年半，但現在比一年半前更深深爲她著迷。現在我覺得她的心和我的心好像被什麼緊緊繫在一起似的。只要她的心一動，我的心也會被牽動。就像被繩子繫在一起的兩艘船那樣。就算想把纜繩割斷，也找不到能切割的刀子。這也是過去所沒嘗到過的感情。那讓我不安。怕萬一感情繼續深入下去，自己到底會變成怎麼樣。」

「原來如此。」我說。不過渡會似乎在尋求更具實質性的回答。

「谷村先生，我到底該怎麼辦才好？」

我說，我也不知道該怎麼辦才好的具體對策，不過以聽到的來說，你現在心裡所感覺到的事情，我覺得還算是正常的、合理的。戀愛本來就是這麼回事。自己變得無法控制自己的心。會覺得好像被莫名其妙的力量所擺布。換句話說你並不是在體驗某種超出世間常識以外的異樣體驗。只是正在認眞愛一個女人而已。感覺不想失去正愛著的某個人。想隨時和那個對象見面。如果無法見面，世界可能就會那樣結束也不一定。那是世間經常可以見到的自然感情。既不奇怪也不特異，而是極其一般性的人生的一個階段。

渡會醫師交抱雙臂，再度尋思我所說的事情一陣子。好像有點不太能理解。或許所謂「極其一般性的人生的一個階段」以概念來說對他很難理解。或許實際上那是和所謂「戀愛」這行爲稍微脫離的事情。

喝完啤酒，臨走時，他悄悄坦白透露似地說：「谷村先生，我現在最害怕的，而且讓我感到最混亂的，是自己心中類似憤怒的東西。」

「憤怒？」我有點吃驚地說。因爲我想那是不太適合渡會這個人的情緒。

「對什麼憤怒？」

渡會搖搖頭。「我也不知道。確定不是對她生氣。不過沒見她時、見不到她時，可以感覺到自己內心那種憤怒的高漲。自己也無法適當掌握，那是對什麼的憤怒。似乎是以前從來沒感覺過的激烈憤怒。屋裡的東西，很想一一抓起來丟到窗外。從椅子、電視、書、盤子、到裱框的畫，一切的一切。那些就算砸到從下面走過的人頭上，讓那個人死掉也無所謂。雖然愚蠢，但當時眞的那樣想。現在當然可以控制那憤怒了。並沒有實際去做那種事。不過不知道什麼時候可能會失去控制。因此可能眞的會傷害到某人。我很怕這個。如果那樣，我還不如選擇傷害自己。」

關於那個我是怎麼說的，不太記得了。我想大概說了表面的安慰話吧。因爲當時的我不太能理解，他所說的那「憤怒」到底意味什麼，暗示什麼。或許該說出更明確的話，不過就算我能說出更明確的話，他往後所遭遇的命運恐怕也不會改變。我這樣覺得。

我們付過帳，走出餐廳各自回家。他抱著球拍袋上了計程車，從車上向我揮揮手。那是我最後見到渡會醫師的身影。那是還留有夏季殘暑接近九月底的事。

在那之後，渡會醫師就沒在健身房露面了。我為了見他，一到週末就去健身房看看，但他不在。周圍的人也不知道他的消息。不過健身房經常有這種事。一直見面的人，有一天開始卻完全不來了。健身房不是職場。要來不來都是個人的自由。所以我也沒太在意。就那樣過了兩個月。

十一月底的星期五下午，渡會的祕書打電話來。他以低沉平滑的聲音說，他姓後藤。聲音讓我想起Barry White的音樂。像深夜ＦＭ節目上經常播出的音樂。

「忽然在電話上向您報告這種事，心裡覺得很難過，不過渡會醫師上星期四去世了，這星期一舉行了只有家人出席的祕密葬禮。」

「去世了？」我驚呆地說。「兩個月前，最後見到面時他確實還好好的，到底發生了什麼事？」

電話那頭的後藤沉默了一下。然後開口：「老實說，渡會生前託我交給谷村先生一件東西。雖然冒昧，不過可以在什麼地方見您一面嗎？我想到時候再詳細向您報告。我這邊任何時候任何地方都可以過去。」

我說就今天的現在如何？後藤說沒關係。我指定青山通後方一條巷子的歐式自助餐廳。時間約六點，在那裡的話可以不被打擾地慢慢安靜談話。後藤不知道那家店，不過說很容易可以查到。

我六點前五分到那家餐廳時，他已經坐在那裡了，我一走近，他很快就站起來。從電話的低沉聲音，我想像是個體格結實的男人，但其實卻是瘦瘦高高的男人。正如渡會所說的那樣，他的容貌相當英俊。穿著茶色羊毛西裝，雪白扣領襯衫，繫著暗芥末色領帶。無懈可擊的穿著。偏長的頭髮也整理得乾淨漂亮。瀏海舒服地落在額前。年齡大約三十五左右，如果沒聽渡會提過是同性戀的話，看來只是一個極普通的儀表整齊的好青年（他還充分保留著青年的模樣）。鬍子也很濃。他正喝著雙倍義式濃縮咖啡。

我和後藤互相簡單地打過招呼，也點了雙倍義式咖啡。

「他去世得好突然啊。」我問。

青年好像正面被強光照射般瞇細了眼睛。「嗯，是啊。去世得非常突然。令人驚訝。不過同時也是花了非常長的時間，令人心痛的死法。」

我默默等他繼續說明。但他似乎暫時——可能在等我的飲料送來——不想詳細述說醫師的死。

「我打心裡尊敬渡會醫師。」青年像在改變話題般說。「以一個醫師，或一個人來說，他真的都是一個非常好的人。他很親切地教了我很多事情。讓我在診所工作了將近十年，如果沒有遇到他的話，我想就沒有現在的我了。他是個表裡如一正直的人。經常保持微笑，不擺架子，不分你我總是體貼周圍的人，大家都喜歡他。我從來沒聽過醫師說到任何人的壞話。」

這麼說來，我也從來沒聽他說過誰的壞話。

「渡會醫師經常提到你。」我說。「他說如果沒有你，診所一定沒辦法順利經營，私生活也會很糟糕。」

我這麼說時，後藤嘴角露出寂寞的淡淡微笑。「哪裡，我沒那麼了不起。

只是希望能在背後盡量幫助渡會醫師而已。所以我也拚命努力在做。那也是我的快樂。」

濃縮咖啡送來了，女服務生走了以後，他終於開始說起醫師的死。

「剛開始注意到的改變，是醫師不再吃中餐了。過去每天一到午休時間，就算是簡單的東西，他也一定會吃些什麼。無論工作多忙，對吃的事情他很認眞。然而從某個時候開始，他中午完全不吃任何東西了。我勸他：『總要吃一點什麼』，他說：『不用擔心，我只是沒有食慾而已。』那是十月初的事。那改變讓我不安。因爲醫師是一個不喜歡改變日常固定生活習慣的人。他比什麼都重視日常的規律性。不僅不再吃中飯而已。不知不覺間也不再去健身房了。本來每週有三天會上健身房，熱心地游泳、打壁球，和練肌肉的，但他對這種事情似乎完全失去興趣。而且也不再注意穿著了。本來是喜歡清潔、講究服飾的人，但怎麼說才好呢，穿著開始變邋遢。有時幾天都繼續穿同樣的衣服。而且經常好像在沉思什麼，漸漸變得話很少，終於幾乎不開口了，常常陷入恍惚狀態。我對他說話，他也好像完全沒聽見似的。下班後也不再和女人交往。」

「因爲是你在幫他安排時間的，所以對這種改變也很清楚吧？」

「正如您所說的那樣。尤其和女人的交往，對醫師來說向來是日常重要的節目。換句話說是活力的泉源。那忽然完全變零，說起來怎麼想都不是尋常的事。五十二歲的年紀還不算衰老。渡會醫師在女人方面是過著相當積極的人生的，這點谷村先生也知道吧？」

「因爲他這個人並沒有特別隱藏這件事。換句話說，他並沒有以此自豪，只是始終都表現得很坦率。」

後藤青年點頭。「是的，這方面他是非常坦率的人。他也常常告訴我許多事情。因此醫師那樣突然的改變，我才會受到不小的打擊。醫師已經不再對我透露任何事情。不管發生什麼，他都自己一個人放在心裡當成祕密。當然我試著問過。是不是發生什麼麻煩事情，有什麼令人擔心的事嗎？但醫師只搖頭，卻不把心事說出來。幾乎都不對我開口了。只有在我眼前一天比一天消瘦下去而已。顯然沒有好好攝取食物。但我也不能隨便踏進醫師的私生活。醫師雖然個性爽快，但自己的私領域卻不會輕易讓別人介入。我雖然也長久做著個人祕書般的工作，但以往也只進去過一次醫師家裡。只有去幫他拿一件忘了帶的重要物品時。能自由進出那裡的，大概只有正在親密交往的女人。我只能從遠處焦慮不安地推測而已。」

後藤說著再輕輕嘆一次氣。好像是對正在親密交往的女人們表明放棄的心情那樣。

「眼看著，一天比一天消瘦下去嗎？」我問。

「是啊。眼睛下陷，臉像紙一般失去顏色。腳步也搖搖晃晃地走不穩，手變得無法拿手術刀。當然不是能手術的狀態。幸虧有技術高明的助手，所以當場就代替醫師執刀。不過那種事總不能一直繼續下去。我到處打電話，一一取消既有的預約，診所實質上漸漸接近休業狀態。醫師終於完全不再到診所露面了。那是接近十月底的事。我打電話到醫師家裡也沒人來接。整整兩天之間處於無法聯絡的狀態。因爲醫師有把公寓的鑰匙託給我，所以第三天早晨，我用那個進去醫師的房子。其實是不可以那樣做的，但實在擔心得無法忍受了。

「一打開門，屋子裡傳來難聞的氣味。目光所及，滿地散落著各種東西。

衣服也脫得到處是。從西裝、領帶、到內衣。看來就像幾個月都沒整理了似的。窗戶關著空氣悶著。然後醫師在床上，只是安靜不動地躺著。」

青年彷彿一時回想起那光景似的。閉上眼睛，並輕輕搖頭。

「我第一眼看見時，以爲醫師已經死了。一瞬之間心臟像要停止。但並不是那樣。醫師枯瘦而蒼白的臉朝向這邊，睜開眼睛看著我。有時眨一下。雖然靜悄悄的，但確實也在呼吸。只是棉被蓋到脖子上不動而已。我試著出聲打招呼，但沒有反應。乾癟的嘴唇好像縫合起來了般，緊緊閉著。鬍子長得很長。總之我先把窗戶打開，讓房間的空氣換新流通。看來並沒有必須採取什麼緊急措施的地方，本人看來也沒有正在痛苦的表情，因此決定先把屋子裡整理乾淨。因爲實在太凌亂了。我把掉落滿地的衣服收集起來，可以用洗衣機洗的先洗起來，要送洗衣店的一起放進袋子裡。把浴缸裡放的洗澡水漏掉，把浴缸洗乾淨。看到水垢沾黏成一條線的地方，可見洗澡水已經長久泡著不管的樣子。這是喜歡清潔的醫師不會有的事。看來也辭掉定期打掃的人了，所有家具都積了一層灰。只是很意外的，廚房的流理臺裡幾乎看不到髒東西。還保持非常清潔的狀態。也就是說，長久之間廚房幾乎沒有使用。只有幾個礦泉水瓶滾落在那裡而已，看不出吃過什麼東西的跡象。打開冰箱來看時，有一股說不上是什麼的惡臭。一直放在冷藏庫裡的食物壞掉了。豆腐、青菜、水果、牛奶、三明治、火腿之類的東西。我把那些塞進大塑膠垃圾袋裡，拿到地下樓的垃圾放置場去。」

青年手上拿著已經空了的濃縮咖啡杯，一邊變換角度一邊眺望一會兒。然後抬起眼睛說：

「房間恢復接近原來的狀態，我想大概花了三個小時以上。在那之間，因爲窗戶一直開著，所以令人不快的氣味也大致消失了。雖然如此，醫師還是沒有開口。只是以眼光追著我在房間裡走動的樣子。因爲消瘦的關係，雙眼比平常顯得更大更亮。但那眼睛裡卻看不出任何感情。那眼睛一邊看著我，其實什麼也沒在看。該怎麼說才好呢？就像是設定成焦點對準會動的東西的自動相機鏡頭那樣，只是追著某種物體而已。那是不是我、我在那裡做什麼，那種事對醫師來說都無所謂。那是非常悲哀的眼睛。以後我可能一輩子都永遠忘不了那對眼睛。

「然後我用電動刮鬍刀，幫醫師刮鬍子。也用濕毛巾擦臉。他完全沒有抵抗。不管我做什麼他都隨便讓我做。然後我打電話給我經常前往就診的醫生。說明事情的原由之後，醫生立刻趕來。然後診察，做了簡單的檢查。在那之間渡會醫師依然完全沒有開口。只是以那不帶感情的虛無眼睛，一直看著我們的臉而已。

「怎麼說才好呢？這種說法可能不適當，不過看起來醫師已經不像是個活著的人了。感覺好像其實應該已經被埋在地下，斷食後必須成爲木乃伊的人，因爲還有煩惱尙未消除，無法成爲木乃伊而爬出地面來那樣。這種說法很過分。不過那就是我當時的感覺。魂已經失去了，也沒指望能回來。但只有身體器官還不肯放棄地獨立動著。那種感覺。」

青年這時搖了幾次頭。

「很抱歉。我好像花了太長的時間了。長話短說，簡單說就是，渡會醫師似乎得了厭食症。幾乎不吃食物，只靠飲水維持生命。不，正確說也不叫做厭食症。正如您所知道的那樣，得到厭食症的大多都是年輕女性。目的是爲了美容、爲了消瘦，變得不太吃東西，不久體重減輕本身成爲目的，變得幾乎什麼都不吃。說得極端一點，體重成爲零是她們的理想。因此中年男人是沒有人得厭食症的。不過渡會醫師的情況，以現象來說就是那樣。當然醫師並不是爲了美容而那樣做。他會不吃東西，我想，眞的名副其實，是因爲食物不再通過喉嚨。」

「爲情所困？」我說。

「大概接近那個。」後藤青年說。「或者也有希望自己接近零的願望。醫師可能希望自己化爲無。要不然，飢餓的痛苦實在不是一般人能忍受的。自己的肉體逐漸接近零的喜悅，可能勝過那痛苦。就像著迷於厭食症的年輕女性，可能體重一邊減輕一邊那樣感覺到的一樣。」

我試著想像渡會躺在床上，專一懷著愛戀的心逐漸消瘦成木乃伊的模樣。但我腦子裡只能浮現他開朗健康的美食家衣著整齊的身影。

「醫生爲他打了營養針，叫護士爲他準備點滴。但營養針總是有限的東西，點滴只要本人想拆除也能輕易拆除。我也不可能整天都陪在枕邊。勉強他吃什麼東西也只會吐掉。想讓他住院，他本人不要也不能勉強帶他去。在那個時間點，渡會醫師已經放棄繼續活下去的意志，決心讓自己逐漸接近零。不管周圍的人做什麼，幫他打多少營養劑，都無法阻止那趨勢。只能束手看著飢餓逐漸吞噬他的身體的樣子。那是一段令人非常心痛的日子。雖然必須做什麼才行，但實際上什麼也不能做。唯一堪慰的，就只有醫師似乎沒有感覺到痛苦而已。至少那些日子，我沒看到他痛苦的表情。我每天到醫師的住處去，檢查郵件，打掃，坐在躺在床上的醫師旁邊，對他說各種事情。報告業務上的事，談世間的話題。但醫師依然一句話也沒說。也沒有任何類似反應。到底有沒有意識都不清楚。只是一直沉默著，以缺乏表情的大眼睛注視著我的臉。那眼睛不可思議地透明。好像可以看穿到背面似的。」

「跟女人之間發生了什麼嗎？」我問。「我聽他本人提過跟有丈夫和孩子的女人交往相當深。」

「是的。醫師從前一陣子，就跟那個女人眞心的認眞交往。不再有平常那種輕鬆的遊戲關係了。而且和那個女人之間，好像發生了什麼嚴重的事。而且因此，醫師似乎失去了生的意志。我試著打電話到那個女人家。但那個女人沒有出來，而是她先生來接電話。我說：『因爲診所預約的事想和您太太談。』她先生說她已經不在家了。我試著問要打到哪裡才能聯絡到她。她先生卻冷冷地說不知道。就那樣掛斷電話了。」

他又再沉默了一會兒。然後說：

「長話短說，我後來總算找到她住的地方了。她留下丈夫和孩子離家出走，和別的男人一起住。」

我一瞬間，失去了語言。剛開始無法適當掌握話題的方向。然後說：「換句話說，她丈夫、和渡會醫師，都被她甩了？」

「簡單說是這樣。」青年難以啓齒地說。然後輕輕皺眉。「她有了第三個男人。詳細情形不清楚，不過好像是年紀比她小的男人。這純屬個人的意見，不過我覺得好像是讓人不太敢恭維的那種男人。她離家出走，好像是爲了跟那個男人私奔。說起來渡會醫師似乎只不過是一個方便的、踏腳石般的存在而已。而且似乎也被巧妙地利用了。也有醫師爲那個女人投入相當多金錢的跡象。調查過銀行存款和信用卡帳目後，才知道有過相當不自然的、大額金錢轉移。金錢可能用在高價禮物之類的。或被借走了。關於那方面的用途並沒有留下明確證據，詳情並不清楚，不過總之在那短期之間被提出大筆金錢。」

我沉重地嘆了一口氣。「那一定很傷腦筋。」

青年點頭。「比方說，如果對方那女人說『還是無法離開丈夫和孩子。所以跟您的關係希望到此爲止』而和醫師分手的話，我想還可以忍耐。因爲對她是眞的從來沒這麼認眞愛過的，所以一定深感挫折，但應該還不至於把自己逼向死亡的地步。只要說得通，不管掉落多深的谷底，總有一天還能浮上來。但這第三個男人的出現，而且自己居然完全被利用了，這個事實似乎對醫師是相當嚴重的打擊。」

我默默地聽著。

「去世的時候，醫師的體重掉到三十五公斤左右。」青年說。「平常是超過七十公斤的人，因此體重掉到一半以下。就像退潮的海岸岩灘那樣，肋骨浮了上來。那模樣讓人想避開眼睛。讓我想起以前在紀錄片上所看過的，剛從納粹集中營被救出來的猶太囚犯枯瘦的模樣。」

集中營。對，他在某種意義上擁有正確的預感。最近經常想到，我到底是個什麼樣的人。

青年說：「以醫學上來說，直接的死因是心臟衰竭。心臟失去回送血液的力量。不過要讓我說的話，那是戀愛的心所帶來的死。名副其實的爲情所困。我打過幾次電話給她。說明了情況拜託她。簡直是向她低頭懇求。請她來一次就好，很短的時間也沒關係，可以麻煩她來見渡會醫師一面嗎？如果這樣下去的話醫師的生命會難保了。不過她並沒有來。當然我並不認爲如果那位女性出現在眼前，醫師就可以免於一死。醫師已經決定要死了。不過說不定，這時會出現奇蹟什麼的也未可知。或者醫師可以懷著不同的心情死去。或者她的身影只會讓醫師混亂。只有讓醫師更痛苦也不一定。這都無法知道。老實說，關於這件事，全都是我所不知道的。不過我只知道一件事，那就是世間不會有過度投入戀愛，居然變得無法吞入食物，因此實際喪失生命的人。你不認爲嗎？」

我同意。確實沒聽過這種事。在這層意義上，渡會醫師一定是個特別的人。我這樣說時，後藤青年雙手掩著臉，一時不出聲地哭泣。他似乎眞心喜歡渡會醫師。我想安慰他，但實際上卻不能做任何事。過一會兒他不哭了，從長褲口袋掏出潔白的手帕來擦眼淚。

「很抱歉。讓您看到出醜的地方。」

爲誰哭泣並不是無聊的事情，我說。尤其如果去世的是一位重要的人。後藤向我道謝。「謝謝您。您能這麼說，讓我覺得稍微安慰。」

他從桌子下拿出壁球拍的盒子，遞給我。盒子裡放著黑騎士的新產品。是高級品。

「這是渡會醫師託我的。郵購預約的，但送來時醫師已經沒力氣打壁球了。他託我送給谷村先生。醫師到了接近最後的時期，突然意識一時恢復似地，對我交代了幾件事。這球拍的事也是其中之一。如果不嫌棄的話，請拿來用。」

我道過謝收下球拍。然後問看看診所怎麼樣了。

「現在暫時休業中，我想遲早可能關掉，或以連設備一起的方式出售。」他說。「當然還有後續的事務性工作，我暫時還會在那裡幫忙，以後的事還沒決定。我的心情也需要稍微整理。現在，一直沒辦法好好考慮事情。」

我希望這個青年能從打擊中重新站起來，往後的人生能凡事順利。臨別時他對我說：

「谷村先生，這樣說好像很厚臉皮，不過我想拜託您一件事。請您永遠記得渡會醫師。他是一位擁有非常純潔的心的人。而且我想，我們能對死去的人做的事情，說起來就是盡量長久記住那個人的事。不過那不像說的那麼容易。也不是誰都能拜託的事。」

我說沒錯。要長久記得死掉的人，並不如想像的容易。我答應，我會盡量努力想到他。渡會醫師的心實際上有多純潔，雖然我無法判斷，不過在某種意義上，他確實不是一個普通人，應該值得去記憶。於是我們握手道別。

因為這個，也就是說為了不忘記渡會醫師，我正在寫著這篇文章。因為對我來說寫成文章留下來，是不要忘記某件事最有效的手段。為了不給有關的人造成困擾，名字和地點稍微改變了，但發生的事情本身則幾乎沒變，是實際發生過的事。我想但願後藤青年能在什麼地方讀到這篇文章。

關於渡會醫師我還記得另一件事。是怎麼會提到那件事的，現在已經想不起來了，但有一次他曾對我說過，關於全體女性的一個見解。

所有的女性，與生俱來都擁有為了說謊而特別獨立的器官般的東西。這是渡會個人的意見。什麼樣的謊言在什麼地方如何說，稍微因人而異。但所有的女性在某個時間點一定會說謊，而且是在重要的事情上說謊。雖然在不重要的事情上，當然也會說謊，不過那個歸那個，在最重要的地方會毫不猶豫地說謊。而且那樣的時候，幾乎所有的女性都面不改色，聲音也毫不改變。為什麼呢？因為那不是她，而是她所擁有的獨立器官自主進行的事情。所以她們美麗的良心並不會因為說謊而感到痛苦，她們的安詳睡眠——除非特殊例外——並不會受到影響。

對他來說難得口氣這麼乾脆，因此當時的事情我記得很清楚。基本上我也不得不贊同渡會的那個意見，不過其中所含有的具體含義可能有幾分差別。或許我和他分別經由不同的山路分別攀登，跋涉到不太愉快的同一個山頂。

他臨死前，對自己的見解沒有錯誤，想必已經毫無喜悅地確認過了。不用說，我覺得渡會醫師非常可憐。我衷心悼念他的死。絕食、飢餓、痛苦至死，一定需要很大的決心。無論肉體上或精神上，那痛苦都難以想像。但同時他能深愛一個女人——暫且不論是怎樣的女人——到希望自己的存在接近零的地步，我在某種意義上不得不感到羡慕。如果想的話，他大可繼續過像以前那樣取巧的人生。同時和幾個女性輕鬆地交際，喝著芳醇的Pinot Noir，在客廳的大鋼琴彈奏〈My Way〉，繼續在都會的一隅享受舒服的情愛。雖然如此他還是墜入茶飯不思的痛切戀愛，一腳踏入嶄新的世界，看見前所未見的光景，結果把自己逼向死亡的絕境。如果借用後藤青年的話，是讓他逐漸接近無的境界。我無法判斷，哪一種人生對他才是眞正有意義而幸福的，或眞正的人生。

那年從九月到十一月的渡會醫師所遭遇的命運，就像對後藤青年那樣，對我而言也充滿了不解的事情。

我雖然還繼續打壁球，但渡會醫師去世後，也因爲搬家的關係，我換了健身房。在新的健身房和專屬夥伴對打。費用雖高，但那樣要說輕鬆也比較輕鬆。渡會醫師送的球拍幾乎沒用。對我來說有點太輕也有關係。而且手上感覺到那輕時，無論如何總會想起他那枯瘦的身體。

只要她的心一動，我的心也會被牽動。就像被繩子繫在一起的兩艘船那樣。就算想把纜繩割斷，也找不到能切割的刀子。

我們後來想到，他被錯誤的船繫上了。但事情能這麼簡單地斷定嗎？我想，就和那個女人（可能）是以獨立器官說了謊一樣，當然就算意義上多少有些不同，但渡會醫師也同樣以獨立器官戀愛了。那是和本人的意志無法控制的他律性作用。事後第三者要得意洋洋地議論他們的行爲，或哀傷地搖頭是很容易。不過如果沒有這種器官的介入，將我們的人生推向高峰、推落谷底、迷惑心靈、讓我們看見美麗的幻影、有時甚至把我們逼死的話，我們的人生一定非常枯燥乏味吧。或許只不過是單調的技巧的羅列就結束了。

自己選擇了死之際，渡會在想什麼？是怎麼想的？我們當然無從知道。

但即使在那深深的苦惱和痛苦之中，就算是一時的也好，他的意識似乎曾經恢復到可以傳達要把球拍送給我。或許他想藉那個寄託某種訊息給我。自己是什麼？在接近末期他或許看到像答案的東西了。而且渡會醫師可能想把那件事傳達給我。我也有這種感覺。

雪哈拉莎德

每和羽原發生性行爲一次，她就會說一個有趣的、不可思議的故事。就像《一千零一夜》故事中的王妃雪哈拉莎德那樣。當然和故事不同，羽原完全沒打算在天亮後砍掉她的頭（她也從來沒在他旁邊待到早晨）。她只因爲自己想那樣做，才爲羽原說。也可能爲了撫慰不得不一直一個人窩在家裡的羽原。不過並不只這樣，或許更主要的可能是她自己喜歡跟男人在床上親密談話這行爲本身——尤其性行爲結束後兩人獨處的慵懶時間——羽原這樣推測。

羽原爲這女人取名爲雪哈拉莎德。在她面前雖然沒提過這名字，但在每天寫的小日記上，她來的日子，會用原子筆註明「雪哈拉莎德」。而且會簡單記錄那天她所說的故事內容——以事後被誰讀到都不知道意思的程度。

羽原不知道，她所說的事情是實際上眞有其事，或完全是創作，或部分是事實部分是創作。要分辨那差異是不可能的。那裡面似乎雜亂地混合著許多現實和推測，觀察和夢想。因此羽原並不一一去在意那眞僞，只是無心地傾聽著她的故事。不管眞的也好、謊言也好，或是那麻煩的雜斑也好，差異對現在的自己又有多少意義？

無論如何，雪哈拉莎德深深懂得吸引對方心的談話術。在語氣上、時間的間隔上、故事的推進方式上，一切都完美無瑕。她讓聽的人感興趣，壞心眼地賣關子，讓他思考推測，然後才確切地給予聽者追求的東西。那令人可恨的技巧，就算是暫時的也好，能讓聽者忘記周圍的現實。緊緊黏著般的不愉快記憶片段，或如果可能但願能遺忘的掛心事，都會像被濕抹布擦過的黑板般消除得一乾二淨。光是這樣不就夠了嗎？羽原想。不如說，其他任何事情都不如那個，而那正是現在的羽原所要的。

雪哈拉莎德三十五歲，比羽原大四歲，基本上是專業主婦（擁有護士資格，有時也會應需要被雇用），有兩個上小學的孩子。丈夫在一般公司上班。家住在離這裡二十分鐘車程的地方。至少那是她告訴羽原關於自己資訊的（幾乎）全部。那是否都是沒有虛假的事實，羽原當然無法確定。話雖如此，也沒看到需要懷疑的特別理由。她沒告訴他名字。雪哈拉莎德說，沒必要特別知道我的名字吧？確實正如她說的。她對他來說終究只是「雪哈拉莎德」，那暫且沒什麼不方便。

女人也從來沒叫過羽原的名字——當然應該知道。但就像開口說出是不吉利而不適當的行爲般，她愼重地避開他的名字。

雪哈拉莎德的外貌，無論以多麼偏袒的眼光來看，都絲毫不像出現在《一千零一夜》中的美貌王妃，她是個身體開始到處附著（簡直像用補土塡補空隙般的）贅肉的地方都市的居家主婦，看來已經確實步入中年的領域。下顎有幾分變厚，眼角刻著疲憊的皺紋。髮型、服裝和化妝，雖然不至於太隨便，但也沒什麼能令人感動的地方。容貌本身絕不算太差，卻看不到焦點般的東西，只能給人模糊渙散的印象。在路上擦身而過，或同搭一部電梯，大多數人可能不會特別對她注目。或許十年前她也是個活潑可愛的女孩。幾個男人曾經回頭看過她。但就算是那樣，那日子也已經在某個時間點落幕了。而且現在依然看不到那幕會再升起的跡象。

雪哈拉莎德以一星期兩次的頻率造訪「House」。雖然不一定星期幾，但從來沒有在週末來過。週末可能有必要和家人共度。露面的一小時前一定會打電話來。她會在附近的超市買些食物，放在車上載過來。MAZDA的藍色小型車。舊車型，後保險桿上有明顯的凹痕，輪框骯髒變成漆黑。她把車子停在「House」的停車位，打開掀背車門拿出購物袋，用雙手抱著那個按了門鈴。羽原從窺視孔確認對方，轉開鎖，鬆開鎖鏈，打開門。她就那樣走進廚房，把帶來的食物分門別類放進冰箱。然後寫好下次來時的購物清單。看來是個能幹的主婦，工作手法俐落，動作不拖泥帶水。在處理事情之間幾乎不開口，滿臉認眞一本正經。

她完成那些作業之後，並沒有誰先開口，簡直就像被眼睛看不見的海流所沖運般，兩人都自然地往臥室移動。雪哈拉莎德在那裡無言地快速脫下衣服，和羽原一起上床。兩人幾乎沒開口地相互擁抱，簡直就像共同協力完成手頭被指定的工作那樣，依照順序進行性交。如果是生理期間，她就用手完成那目的。技巧之好、帶幾分事務性的手法，讓他想起她擁有護士資格這件事。

性交結束後，兩人繼續躺著開始說話。話雖如此，在說的都是她這邊，羽原只會適時搭腔，偶爾提出一些簡短的問題而已。然後到了時針指著四點半時，雪哈拉莎德就算故事才說到一半也會就此打住（不知怎麼總是在故事剛剛漸入佳境時就到了那時刻），從床上起身，把散落地上的衣服撿起來穿上，準備回去。因爲必須準備晚餐，她說。

羽原送她到玄關口，門再度拴上鎖鏈，從門簾縫隙看著她那骯髒的藍色小型車離去。到了六點他用冰箱裡的食材做了簡單的菜，一個人吃。曾經當過廚師一陣子也有關係，對他來說做吃的完全不以爲苦。用餐時他喜歡喝沛綠雅氣泡礦泉水（完全不沾酒精），然後一邊喝咖啡一邊看ＤＶＤ電影，或讀書（他讀書盡可能慢慢花時間，喜歡必須重讀幾次的書）。其他沒什麼事可做。沒有談話對象。也沒有打電話對象。因爲沒有電腦，所以無法上網。既沒訂報紙，也不看電視節目（有充分理由）。當然也不能外出。如果因爲什麼原因，雪哈拉莎德無法再造訪這裡，他和外界的聯繫將完全斷絕，名副其實地變成一個人被留在陸地的孤島上了。

不過那樣的可能性並沒有讓羽原感到太大的不安。那是我自己必須憑一個人的力量處理的狀況。雖然是困難的狀況，但總能設法度過。並不是我一個人在孤島上，羽原想。不是這樣，而是我自己就是孤島。他本來就習慣一個人獨處。就算變成一個人了，他的精神也沒那麼容易崩潰。會讓羽原心亂的，是那樣一來就不能再和雪哈拉莎德在床上談話了。說得更極端一點，就是無法再聽到她說故事的後續發展了。

自從住進「House」後不久，羽原開始留鬍子。他本來鬍子就算濃的。當然也有想改變臉部印象的目的，不過不只這樣。開始留鬍子最主要的原因，是因爲手沒地方擺。如果有鬍子，就可以經常摸摸下顎、鬢角、鼻子下面，可以享受那觸感。也可以用剪刀或剃刀修整那形狀以消磨時間。以前沒注意到這種事，但光是留了鬍子竟然也能忘記無聊。

「我的前世是八目鰻。」有一次雪哈拉莎德在床上這樣說。非常乾脆地，像在說「北極點是在更北方」般若無其事地說。

八目鰻是長成什麼樣子的什麼生物，羽原完全沒有這知識。所以沒特別對那陳述感想。

「你知道八目鰻是怎麼吃鱒魚的嗎？」她問。

不，不知道。羽原說。連八目鰻吃鱒魚這件事本身都是第一次聽到。

「八目鰻沒有下顎。這點跟一般鰻魚有很大的差別。」

「一般鰻魚有下顎嗎？」

「你沒仔細看過鰻魚嗎？」她好像很驚訝地說。

「有時候會吃，不過不太有機會看下顎。」

「下次不妨在什麼地方仔細看看。到水族館之類的地方。一般鰻魚既有下顎，也有牙齒。不過，八目鰻卻完全沒有下顎。代替的是嘴巴變成像吸盤那樣。用那吸盤緊貼在河流或湖泊底下的岩石上，身體搖搖擺擺地倒立著。像水草那樣。」

羽原想像著許多八目鰻像水草般搖搖擺擺的模樣。那是有點脫離現實的光景。話雖這麼說，但羽原知道現實往往脫離現實。

「八目鰻實際上就混在水草裡生活。悄悄隱身在裡面。然後當鱒魚從上方游過時，就迅速游上去吸附在那腹部。用吸盤。然後就像蛭那樣緊緊貼著鱒魚過著寄生的生活。吸盤內側是長有牙齒的舌頭般的東西。用那個當銼刀般咔嗞咔嗞地在魚的身體上挖洞，一點一點地吃那肉。」

「不太想變成鱒魚。」羽原說。

「羅馬時代到處都有八目鰻的養殖池，不聽話的任性奴隸會被活生生丟進那裡，當成八目鰻的飼料。」

也不想當羅馬時代的奴隸，羽原想。當然任何時代的奴隸都不想當。

「小學時候，我在水族館第一次看到八目鰻，讀了那生態解說時，就忽然發現，我的前世是這個。」雪哈拉莎德說。「因爲，我有清楚的記憶。在水底吸附在石頭上，混在水草裡搖搖擺擺，眺望著通過上面的肥美鱒魚，這樣的記憶。」

「有沒有咬食鱒魚的記憶？」

「那倒沒有。」

「幸好。」羽原說。「關於是八目鰻那時候的記憶只有那個嗎？在水底搖搖擺擺的事而已？」

「前世的事情，並不是全部都能一一想起來。」她說。「順利的話，會因爲某種原因忽然想起一小部分。終究是突發性的，就像從微小的窺視孔窺探牆對面那樣。只能看見在那裡光景的一小部分而已。你對自己的前世能想起什麼嗎？」

「什麼都想不起來。」羽原說。老實說也沒有想要想起來的心情。現在這裡的現實已經應付不來了。

「不過在湖底也相當不錯啊。用嘴巴緊緊吸附著石頭，倒立著，看著從上面游過的魚群。還看過非常大的鱉。從下面往上看時，就像出現在《星際大戰》裡的反派太空船般又暗又巨大。嘴巴尖尖長長的白色大鳥們，像殺手般襲擊魚群。從水底看各種鳥時，只能看見像流過藍天的雲那樣。因爲我們藏在深處的水草間，所以鳥群對我們來說是不構成威脅的。」

「妳可以看見那樣的光景啊。」

「看得非常清楚。」雪哈拉莎德說。「那裡的光線、水流動的觸感。連當時自己正在想的事情都能想起來。有時也能進入那光景中。」

「正在想的事情？」

「對。」

「妳在那裡也正在想著什麼嗎？」

「當然。」

「八目鰻會想什麼樣的事情呢？」

「八目鰻哪，會想非常八目鰻式的事情啊。八目鰻式的主題，以八目鰻式的文脈。不過那無法轉換成我們的語言。因爲那是爲了在水裡的東西所想的。就像身爲胎兒在胎內時的事情一樣。雖然知道在那裡有思想，但那想法卻無法以這地上的語言來表達。對嗎？」

「難道在胎內時的事，妳也能想起來嗎？」羽原驚訝地說。

「當然。」雪哈拉莎德若無其事地說。並在他胸前稍微偏過頭。「你想不起來嗎？」

羽原說，想不起來。

「那麼，下次找個時間告訴你那件事。我胎兒時候的事。」

羽原在那天的日記上記錄著「雪哈拉莎德、八目鰻、前世」。如果別人看到了，也不知道是怎麼回事吧。

羽原和雪哈拉莎德第一次見面是四個月前。羽原被送進北關東的地方小都市的一棟「House」，住在附近的她被指定爲「聯絡員」照顧羽原。她的任務是爲無法外出的羽原採買食品和各種日用雜貨，把那送到「House」來。想讀的書和雜誌、想聽的CD等，也照他的希望買來給他。有時看到電影的DVD也隨意買一些爲他帶過來（不過羽原實在不太明白她選片的基準是什麼）。

而且雪哈拉莎德，從羽原在那裡住下來的第二週開始，幾乎理所當然似地引誘他上床。避孕的東西也是一開始就準備好了。這種事或許也是她受到指示所做的「支援行動」之一。無論如何那是在一連串事情的運作之間，順利地，既不困惑也不猶豫地由對方提出的，對那程序他沒有特別反對。就在引誘之下上了床，在還沒搞清楚事情原委之下就擁抱了雪哈拉莎德的身體。

跟她的性愛雖然稱不上熱情的地步，但也不能說從頭到尾都是實務性的。那事情就算是從被賦予（或強烈暗示）的任務而開始的，但從某個時間點開始，她對那行爲——就算可能只有部分也好——似乎顯示出相當喜歡的樣子。從她肉體反應的微妙變化，羽原感受到這件事，而且也覺得相當高興。因爲再怎麼說他都不是一個被關在檻欄裡的粗暴動物，而是一個擁有微妙感情的人。光以處理性慾爲目的的性行爲，雖說某種程度是必要的，但並不是心情愉快的事。話雖如此，雪哈拉莎德把和羽原的性行爲，到什麼部分爲止視爲自己的職務，從什麼部分開始視爲屬於個人領域的行爲，他無法斷定那界線。

不只是性愛的事。她爲羽原所做的所有一切日常行爲，到什麼地方爲止是被規定的職務，從什麼地方開始是基於個人的好意所做的（也不知那是否能稱爲好意），羽原也無法判斷。在各方面來說，雪哈拉莎德都是感情和意圖難以讓人讀出的女人。例如她大體上經常都穿著簡單素材，沒有裝飾的內衣。一般三十幾歲的主婦日常可能穿的——雖然羽原過去從來沒有和三十幾歲主婦交際過的經驗，只能憑推測——那種，像從某個量販店的特賣活動時買來的便宜東西。隨著時日的推進，有時也會換成非常講究設計、像要引誘男人般的內衣。雖然不知道是從哪裡買來的，但那些怎麼看都像是高級品。美麗的絲絹，精緻的蕾絲，使用深色調的纖細的東西。羽原完全無法理解，如此極端的落差到底是出於什麼目的和由來。

另一件讓他迷惑的是，雪哈拉莎德的性行爲，和她所說的故事難以分開地連繫在一起，成爲一對的這個事實。無法把任何一方單獨抽出來。和一個心沒有特別被吸引的對象、算不上多熱情的肉體關係，自己居然會以這樣的形式深深被綁住——或緊緊被縫住——這是羽原過去從來沒經驗過的狀況，也帶給他輕微的混亂。

「那是我十幾歲時的事情。」有一天，雪哈拉莎德在床上像在透露一件祕密般這樣說。「我有時候會去別人家闖空門。」

羽原——就像對她的故事大多的情況那樣——無法開口表達適當的感想。

「你闖過空門嗎？」

「我想沒有。」羽原以乾乾的聲音說。

「那個，做過一次以後好像很容易上癮。」

「但那是違法行爲。」

「沒錯。如果被發現會被警察逮捕。所謂侵入住宅加上竊盜（或竊盜未遂），是相當重的罪喲。不過，明知道不行，卻會著迷。」

羽原默默等她繼續說。

「去別人家闖空門最棒的，怎麼說就是安靜。不知道爲什麼，不過眞的是靜悄悄的喔。感覺到，那可能是全世界最安靜的地方。在那樣的寂靜之中，一個人在地板上坐下來只是一直不動，自己就能自然地回到還是八目鰻的時候。」雪哈拉莎德說。「那是一種美好的心情。我以前說過自己的前世是八目鰻吧，有吧？」

「聽過。」

「和那個一樣。我用吸盤緊緊吸附在水底岩石上，尾巴朝上，在水裡搖搖擺擺。就像周圍的水草那樣。周遭眞的很安靜，聽不到任何聲音。或者我沒有耳朵也不一定。晴朗的日子，光線從水面，像箭般筆直射進來。那光常常像被三稜鏡分割般閃閃發光。形形色色的魚成群從上方慢慢游過。而我什麼也沒想。或者說，我只有八目鰻式的想法。那想法雖然霧霧的，卻也非常清潔。雖然不透明，但完全沒混雜任何不純的東西。我既是我，又不是我。而且置身在這樣的心情中，一切的一切都非常美好。」

雪哈拉莎德第一次侵入別人家，是高中二年級的時候。她愛上了本地公立高中的同班男生。足球選手，個子高高的，成績也很好。雖然不算特別英俊，但看來很乾淨，感覺非常棒。但那就像高中女生的愛戀經常有的那樣，是沒有結果的愛。他好像喜歡班上的其他女生，看都沒看雪哈拉莎德。也沒跟她說過話，可能連她是同班同學都沒發現。但她無論如何還是放不下那個男生。看到他的身影時呼吸就會困難起來，有時甚至到了快吐的地步。不知如何是好，這樣下去她快瘋掉了。不過絕對不能向他告白。就算做了也不可能順利。

有一天雪哈拉莎德蹺課，去那個男生家。他家距離雪哈拉莎德家走路約十五分鐘。他家沒有父親。以前在水泥公司上班的父親，幾年前因爲在高速公路上發生車禍而去世。母親在鄰市的國中當國語老師。妹妹是中學生。因此白天家裡應該沒人。她事先已經調查好那樣的家庭狀況。

大門當然是上鎖的。雪哈拉莎德試著在玄關墊下面找找看。在那裡發現了鑰匙。悠閒的地方都市住宅區，幾乎沒有類似犯罪的事情。所以居民不太提防門戶安全。為了忘記帶鑰匙的家人，而在玄關墊下，或附近的盆栽下藏鑰匙是常有的事。

為了愼重起見，她按了門鈴，稍微等候一下確定沒有回應，並確認沒有鄰居的眼光之後，雪哈拉莎德用鑰匙開門進去。並從內側上鎖。脫下鞋子，把那放進塑膠袋，裝進束口後背包裡。然後躡著腳步走上二樓。

他的房間正如所料是在二樓。小巧的木製床上整整齊齊毫不凌亂。塞滿書的書架和衣櫥、書桌。書箱上放著迷你音響組合和幾張ＣＤ。牆上有巴塞隆納足球隊的月曆，掛著球隊三角旗之類的東西，其他沒有任何裝飾品。沒有照片或畫。只有奶油色牆壁而已。窗上掛著白色窗簾。房間裡整理得乾乾淨淨，收拾得整整齊齊。既沒有抽出來沒放回去的書，也沒有脫掉到處散落的衣服。書桌上的文具全都放在既定的位置。充分表現出房間主人一板一眼的個性。

或母親每天仔細地爲他收拾也不一定。可能兩者兼有。這件事讓雪哈拉莎德感到緊張。如果那房間是邋遢凌亂的話，就算她多少弄亂了，可能也不會有人注意到。雪哈拉莎德想，如果是那樣就好了。現在卻必須非常小心才行。不過同時，那個房間既清潔又簡樸，整理得毫不凌亂，這件事也讓她覺得相當高興。這很像他。

雪哈拉莎德在書桌前坐下，暫時只在那裡安靜不動。想到「他每天都坐在這張椅子上做功課」時心臟就怦怦跳。她把桌上的文具依順序拿起來，在手上撫摸，聞聞氣味，親吻一下。鉛筆、剪刀、尺、釘書機、桌曆，這些東西全部。平常這種微不足道的東西，只因爲是他所擁有的，不知怎麼看來都閃閃發亮。

然後把書桌的抽屜一個個打開，仔細檢查裡面放的東西。最上面的抽屜裡各種零碎文具、一些紀念品類的東西，分別收在格子裡。第二個抽屜裡主要是現在正在使用的學科筆記簿，第三個抽屜（最深的抽屜）放有各種文件、舊筆記和考卷。幾乎都是和課業有關的東西，或和足球社團活動有關的資料。沒有任何重要東西。沒看到期待中的日記或信件之類的東西。連一張相片都沒有。這件事讓雪哈拉莎德感覺有點不自然。這個人除了課業和足球以外，難道沒有其他個人的生活興趣嗎？或者這種東西都寶貝地珍藏在其他不會被別人輕易看到的地方嗎？

就算這樣，坐在他的書桌前，光是眼睛追蹤著他在筆記上所寫的筆跡，雪哈拉莎德的心已經漲得滿滿的。這樣下去自己可能會瘋掉。她爲了冷卻興奮而從椅子上站起來，坐在地板上。然後抬頭看天花板。周遭依然靜悄悄的。沒有一點聲響。她就那樣，讓自己和水底的八目鰻同化。

「只是進入他的房間，用手去摸各種東西，然後一直安靜不動而已嗎？」羽原說。

「不，不只這樣。」雪哈拉莎德說。「我想要一件他所擁有的什麼東西。我想帶一件他日常使用或穿著的東西回去。但那不能是重要的東西。如果是重要的東西，不見了他一定會立刻察覺。因此我決定只偷他一支鉛筆。」

「只有一支鉛筆？」

「對。已經開始用的鉛筆。但我想只偷還不行。因爲那樣的話會變成單純只是闖空門。那就失去那是我的意義了。因爲我說起來是『愛之賊』呀。」

愛之賊，羽原想。簡直像無聲電影的片名一樣。

「所以我想代替那個，必須在那裡留下某種東西當記號。證明我在那裡存在過這回事。聲明那不是單純的竊盜，而是一種交換。但要留下什麼才好，腦子裡卻一時想不起適當的物品。我掏過背包和衣服的口袋，卻找不到任何一件能當記號的東西。如果先準備了什麼才來就好了，但事前並沒有想到這種事……。沒辦法只好決定留下一個衛生棉條。當然是沒用過的，包裝著的。因爲生理期近了，所以準備了帶著。我把那放在他書桌最下面一個抽屜的最深處，很難發現的地方。而且那讓我非常興奮。他抽屜深處悄悄放著我的衛生棉條這件事。我想大概因爲太興奮，在那之後月經立刻就開始了。」

鉛筆和衛生棉條，羽原想。或許日記上應該這樣寫下來。「愛之賊，鉛筆與衛生棉條。」相信任何人都無法理解是什麼事。

「那時候在他家，我想頂多只不過十五分鐘左右。因爲那是我有生以來第一次擅自闖入別人家，一直擔心，怕人家會不會忽然回來，沒辦法留在那裡那麼長的時間。我探視過周遭的情況後，悄悄走出那房子，再把門鎖上，把鑰匙放回玄關墊下的同樣地方。然後到學校去。寶貝地帶著他用過的鉛筆。」

雪哈拉莎德就那樣暫時閉上嘴。像在倒溯時間，一一檢視曾經在那裡的各種事物般。

「接下來的一星期左右，我度過了前所未有心滿意足的每一天。」雪哈拉莎德說。「我用他的鉛筆在筆記簿上漫無目的地寫字。聞聞那氣味，親親那筆，抵在臉頰上，或用手指搓一搓。有時還用舌頭舔一舔吸一吸。寫著寫著鉛筆漸漸變短，當然很難過，不過總不能不寫。如果變短不能用了，就再去拿新的好了。我這樣想。他書桌上的筆筒裡，還有很多削好開始用的鉛筆。而且他也不知道那少了一支。可能也不知道書桌抽屜深處放有我的衛生棉條。想到這裡我就非常興奮。腰部有一種像癢癢的奇怪感覺。爲了壓制那個，兩個膝蓋不得不在書桌下互相摩擦。就算在現實生活中，他看都不看我一眼，就算他幾乎完全沒發現我的存在，我覺得一點都無所謂。因爲我在他毫不知情之間，已經悄悄得到他的一部分了。」

「簡直像咒術性的儀式。」羽原說。

「對，某種意義上那或許是咒術性的行爲。後來偶然讀到那方面的書，曾經想到。不過那時候還是高中生，並沒有想那麼深。我只是被自己的慾望推動著而已。做那種事遲早會出事。如果闖空門被當場發現，可能會被學校退學處分，而且那種事一旦傳開也可能很難在這地方住下去。我這樣警告過自己幾次。但沒有用。我想我的頭腦已經變成無法正常運作的狀態了。」

她十天後再度蹺課，朝著他家走去。上午十一點。和上次一樣從玄關墊下拿到鑰匙，進入屋裡。然後走上二樓。他的房間依然收拾得無懈可擊，床整理得乾乾淨淨。雪哈拉莎德暫且拿了一支剛開始使用的長鉛筆，珍惜地收進自己的鉛筆盒。然後戰戰兢兢試著在他的床上躺下。拉好裙襬，雙手整齊地放在胸前，仰望天花板。他每天晚上就睡在這張床上。一想到這裡心臟的鼓動就急速升高，無法正常呼吸。空氣無法確實進入肺裡。喉嚨乾乾渴渴，每次呼吸都會痛。

雪哈拉莎德放棄地從床上起來，拉拉床罩把弄亂的地方復原，然後再像上次那樣坐在地板上。然後抬頭看天花板。要躺在床上還太早，她這樣告訴自己。那對我刺激太強了。

這次雪哈拉莎德在那個屋子裡待了半小時。從抽屜裡拿出他的筆記本大概看一遍。也讀他寫的讀書心得。寫的是關於夏目漱石的《心》。那是暑假的指定讀物。看來就是一副成績優秀的學生，以細心的美麗字跡寫在稿紙上。也沒看到錯字或缺字。評價是「優」。當然。以這樣美好的字所寫的文章，任何老師，就算完全沒讀內容，可能都會想默默給他優。

然後雪哈拉莎德打開衣櫥的抽屜，順序查看裡面的東西。他的內衣和襪子。襯衫、長褲。足球用的服裝。全都規規矩矩地整齊折疊著。沒有一件是留下污點，或磨破的衣服。

每一件都保持乾淨。是他折的嗎？還是母親做的？大概是母親。她對能夠每天爲他做這些事的母親感到強烈的嫉妒。

雪哈拉莎德把鼻子伸進抽屜裡，聞著一件件衣服的氣味。有仔細洗過，充分讓太陽曬乾的衣服氣味。她把一件灰色素面T恤從抽屜裡拿出來，攤開來，貼在臉上。想著會不會有他腋下的汗味。但沒有氣味。雖然如此，她依然把臉長久緊緊貼在那T恤上，從鼻子吸進空氣。她想要那件T恤。但那樣恐怕太危險。原來所有的衣服都這麼規規矩矩地整理好、管理著。他（或他母親）可能詳細記住抽屜裡T恤的數目。如果少了一件，可能會引起不小的騷動。

雪哈拉莎德終於放棄拿走那件T恤的念頭。照原來的樣子整齊折好，放回抽屜裡。必須很小心才行。不可以冒險。雪哈拉莎德這次除了鉛筆之外，決定帶走一個在抽屜深處發現的足球造型小徽章。可能是小學時代加入的少年球隊的東西。因爲是舊的，看來好像也不是什麼重要東西。不見了他可能也不會發現。或者要過一段時間才會發現。順便想確認一下，上次藏在最下面抽屜深處的衛生棉條還在嗎？還在那裡。

如果母親發現，他的抽屜深處藏著衛生棉條的話，到底會怎麼樣？雪哈拉莎德試著想像。看到那個，母親會想到什麼？會爲那件事直接逼問兒子嗎？她會說，你爲什麼會有生理用品，告訴我理由吧。或者只把事情悶在自己心裡，東想西想地暗中推測而已？雪哈拉莎德無法預料這種情況下母親會採取什麼行動。但總之就讓衛生棉條依舊在那裡。因爲再怎麼說，那都是她所留下的最初記號。

這次雪哈拉莎德決定放三根自己的頭髮，當作第二個記號。她在前一天晚上拔下三根頭髮，放在塑膠袋裡，裝進小信封裡封起來。她從背包裡拿出那個準備好的信封，夾在抽屜裡的舊數學筆記之間。不太長，也不太短的，筆直黑髮。除非檢查DNA，否則不會知道是誰的東西。不過看一眼就知道是年輕女孩的頭髮。

她走出那裡，接著就去學校，去上中午休息後的課。然後在往後的十天左右，又以心滿意足的心情度過。覺得自己好像擁有他的更多部分了。不過當然事情並沒有這麼容易結束。她趁別人不在家時擅自侵入空屋這件事，正如雪哈拉莎德所指出的那樣，成爲怪癖了。

說到這裡之後，雪哈拉莎德看看枕邊的時鐘。然後說：「好了，差不多該走了。」好像在說給自己聽似的。然後一個人下床開始穿衣服。時鐘數字告知時刻是四點三十二分。她穿著幾乎沒有裝飾的實用性白色內衣褲，胸罩在背後勾上，快速穿上牛仔褲，從頭上套下有NIKE商標的深藍色運動衫，在洗臉臺用肥皂仔細洗過手，用梳子簡單整理過頭髮後，就開著藍色MAZDA車離去。

羽原事後一個人被留下，也想不起要特別做什麼，就像牛在反芻食物那樣，試著在腦子裡一一玩味，她在床上告訴他的事。那件事往後到底會往什麼方向進展——就像她的故事大多會的那樣——完全猜不透。也幾乎無法想像雪哈拉莎德高中二年級時，是個什麼模樣的女孩子。那時候，她的身材是否還很苗條？穿著制服，穿著白襪子，頭髮綁著辮子嗎？

因爲還沒有食慾，因此在開始準備做菜之前，決定繼續讀正讀到一半的書，但無論如何都無法專心。腦子裡總是浮現，雪哈拉莎德悄悄潛入那棟兩層樓房的情景，或她把同班同學的T恤貼在臉上，頻頻聞著氣味的光景。羽原很想早一刻聽到那故事的後續。

雪哈拉莎德下次到「House」來，是含週末在內的三天後。她像平常那樣，整理著用大紙袋裝來的食品，檢查保存期限，依序調整冰箱的內容物，清點罐頭和瓶裝食品的存貨，檢查調味料的耗減情況，擬好下次的購物清單。把新的沛綠雅先冰好。並把新帶來的書和DVD疊放在書桌上。

「有什麼不夠或想要的東西嗎？」

「沒想到什麼。」羽原回答。

然後兩個人就像平常那樣上床擁抱。他在適度的前戲之後，戴上保險套進入她裡面（她從醫學角度出發，要求他從頭到尾一貫戴上保險套），花適度時間射精。那行爲雖然不算義務性，也不算特別充滿感情。她基本上，似乎經常提防著不要在那行爲上含有過度的熱情。就像汽車教練場的教官，基本上經常不會過於熱情期待學生的駕駛技術一樣。

雪哈拉莎德以職業性的眼光，確認過羽原在保險套裡正確射出該有分量的精液後，開始說故事。

第二次闖空門之後，她又能夠每天過著心滿意足的日子。她把足球徽章藏在鉛筆盒裡。並在上課時不時用手指撫摸鉛筆。用牙齒輕咬，舌舔鉛芯。並想著他房間的事。想他的書桌，想他睡覺的床，想塞滿他衣服的衣櫃，想他簡樸的白色四角褲，想藏在他的書桌抽屜裡自己的衛生棉條和三根頭髮的事。

自從開始闖空門之後，學校的功課幾乎無法用心學。上課中不是恍惚地耽溺於漫無目的的白日夢，就是集中精神在摸弄他的鉛筆和徽章上。這二者之一。回到家，也不太能把心思用在做習題上。雪哈拉莎德本來成績還不錯。雖然不算是最頂尖的，但有認眞讀的個性，大體上經常都拿到高於平均的成績。因此當她在課堂上被點到名而幾乎什麼也答不出來時，老師們與其說生氣不如說一臉驚訝。她也曾經在休息時間被叫到職員室，被問到：「妳怎麼了？有什麼煩惱嗎？」但她無法適當回答。只能支支吾吾地說……最近身體不太舒服。當然不能說，其實自己喜歡上一個男生。白天開始有時會去他家闖空門，偷鉛筆和徽章，一心著迷於玩弄那個，除了他之外已經無法再想別的之類的事。那是她只能一個人獨自保有的沉重而黑暗的祕密。

「我開始不得不定期去他家闖空門了。」雪哈拉莎德說。「我想你也知道，那是非常危險的事。自己也非常清楚，這種走鋼索的行為不能永久繼續下去。總有一天會被誰發現，如果被發現一定會鬧到警察局。想到這裡就非常不安。不過車輪一旦開始滾落斜坡是擋也擋不住的。第二次（造訪）的十天後，我的腳又自然地往他家走去。不這樣做的話，腦袋好像要瘋掉似的。不過現在想起來，我的腦袋可能實際上稍微變怪了吧。」

「這樣經常蹺學校的課，沒有特別引起問題嗎？」羽原問。

「我們家在做生意，家裡工作很忙，雙親幾乎沒有注意到我。過去我一次也沒發生過問題，也沒有正面反抗過父母的吩咐。所以他們以為這孩子不管她也沒問題。也可以簡單地偽造向學校提出的請假單。模仿母親的筆跡向學校簡單寫出請假理由，簽名、蓋章。因為我身體不太好，所以經常為了上醫院需要請半天假，事先已向負責的導師說過。班上有幾個長期不到校的學生，大家都爲那邊傷腦筋，所以我偶爾請半天假，誰也不會在意。」

雪哈拉莎德瞄了一眼枕邊的數字鐘，然後再繼續說：

「我又從玄關墊下拿出鑰匙，打開門進入裡面。就像平常一樣，不，不知怎麼，家裡比任何時候更靜。廚房冰箱的自動控溫器斷斷續續啓動的聲音，聽起來就像大型動物的嘆氣聲般，奇怪得令人吃驚。然後中途有一次電話鈴響起來。巨大響亮而刺耳的聲音，我的心臟差一點停止。渾身冒出冷汗來。不過那電話當然沒有任何人拿起來，響了十次左右後停止。鈴聲停止之後，沉默變得比之前更深。」

那天雪哈拉莎德在他的床上，身體長久仰臥著。這次心跳得沒有上次那麼厲害，呼吸也能保持平常的樣子。也有他在旁邊安靜睡著，自己正陪著他睡似的心情。只要稍微伸出手，手指好像就能碰觸到他那強壯的手臂。但當然實際上他並不在旁邊。她只是被籠罩在白日夢的雲裡而已。

然後雪哈拉莎德無論如何都想聞他的氣味。從床上起來，打開衣櫥的抽屜查看他的T恤。每件T恤都洗得乾乾淨淨，曬過太陽，像瑞士捲般整齊地捲起來。髒污除掉了，氣味也消掉了。像以前一樣。

然後她忽然想到一件事。也許會順利。於是快步走下樓梯。在浴室的脫衣處找到洗衣籃，打開蓋子來看。裡面有他和母親和妹妹三人份的待洗衣物。應該是一天份的洗衣量。雪哈拉莎德從那裡面找到一件男生的T恤。是BVD的白色圓領T恤衫。於是試著聞那氣味。毫無疑問是年輕男人的汗臭味。衝鼻的體臭——靠近班上男生時，她曾經聞過同樣的氣味。並不是特別令人開心的氣味。然而他的那個卻帶給雪哈拉莎德無限幸福的感覺。她把臉貼在那腋下部分，吸進氣味時，感覺自己好像被他的身體包住，雙臂強有力地緊緊擁抱著一般。

雪哈拉莎德拿著那件T恤走上二樓，在他的床上再躺下一次。然後把臉埋進T恤裡，不厭倦地繼續嗅著那汗的氣味。在這樣做著之間，腰一帶感覺酸酸的。乳頭也感覺硬起來。是月經快開始了嗎？不，沒這回事。時間還太早。會這樣大概是性慾的關係吧，她推測。她不知道該如何對待那個才好，該如何處理才好。不如說，至少在這種地方什麼也不能做。畢竟這是他的房間，他的床上。

雪哈拉莎德總之決定，把那件吸了汗的T恤帶回去。那當然是危險的事情。母親一定會發現T恤遺失了一件。就算沒想到有人會偷走那個，至少也應該會懷疑到底消失到哪裡去了。家裡會打掃得這麼清潔、整理得這麼整齊，母親一定是像管理整頓狂般的人。如果遺失了什麼，一定會在家裡翻箱倒櫃地到處找遍。就像被嚴格訓練過的警犬般。而且可能會在寶貝兒子的房間裡，發現雪哈拉莎德所留下的若干痕跡。但就算知道這個，她還是不願意放棄那件T恤。她的頭腦無法說服她的心。

那麼，我該留下什麼東西在這裡來代替那個才好呢？雪哈拉莎德想。她想留下自己的內褲。非常平常的，比較新而簡單的內褲，早晨才剛剛換過的。可以把那個藏在壁櫥的深處。她認爲當作交換物品那是非常合適的東西。但實際脫下來一看，才知道那股間部分是濕濕濕濕的。因爲我的性慾的關係，她想。

雖然試聞過氣味，並沒有味道。不過總不能把被性慾那樣玷汙的東西，留在他的房間裡。如果那樣做簡直是輕視自己。她重新穿上，決定留下別的東西。那麼，該留下什麼才好呢？

說到這裡，雪哈拉莎德沉默下來。就那樣長久之間沒說一句話。閉上眼睛，安靜地用鼻子呼吸。羽原也一樣沉默地躺在那裡，等她開口。

「嘿，羽原先生。」雪哈拉莎德終於睜開眼睛說。這還是她第一次叫羽原的名字。

羽原看她的臉。

「嘿，羽原先生，可以再抱我一次嗎？」她說。

「我想可以。」羽原說。

於是兩人再度擁抱。雪哈拉莎德身體的樣子和剛才相當不同。柔軟，到深處都深深濕潤。肌膚也光澤鮮豔，有彈性。她現在正清晰鮮明地回想著，去同班同學家闖空門時的體驗，羽原推測。或者不如說，這個女人實際上正溯著時間之流，回到十七歲的自己身上。就像往前世移動那樣。雪哈拉莎德辦得到這・・・種事情。她能把那優越的談話術，力量運用到自己身上。就像優秀的催眠師能用鏡子對自己施展催眠術那樣。

於是兩人前所未有地激烈相交。花很長時間熱情地。而且她最後清楚地迎接高潮。身體幾度激烈痙攣。那時候的雪哈拉莎德，似乎連容貌都驟然改變了。雪哈拉莎德十七歲的時候是個什麼樣的少女，彷彿從細縫瞬間窺見的風景般，羽原的眼中可以大致浮現那形影姿態。現在他這樣抱著的，碰巧是三十五歲的平凡主婦的肉體中所封存的，懷有問題的十七歲少女。羽原很清楚這個。她在那之間閉著眼睛，身體一邊微微顫抖，一邊專心地繼續嗅著滲滿汗水的男人襯衫的氣味。

做愛結束後，雪哈拉莎德沒再說話。也沒像平常那樣檢查羽原的保險套。兩人默默並排躺在那裡。她眼睛睜得大大的，筆直看著天花板。就像八目鰻從水底凝視著明亮的水面那樣。如果自己在別的世界，或在別的時間，身爲八目鰻的話——不是所謂羽原伸行這特定的一個人，只是無名的八目鰻的話——該有多好，羽原那時這樣想。雪哈拉莎德和羽原雙方都是八目鰻，像這樣並排以吸盤附著在岩石上，在水流中搖搖擺擺地仰望著水面，等待神氣而肥美的鱒魚游過。

「那麼結果，有留下什麼在那裡代替他的T恤嗎？」羽原打破沉默問道。

她依然暫時沉浸在沉默中。然後說：

「結果什麼也沒留下。爲了代替他沾有氣味的汗衫而想留下東西，但因爲我沒帶任何能和那匹敵的東西，所以只悄悄帶那件T恤回去而已。於是我在那個時間點就純粹變成一個闖空門的小偷了。」

在那十二天後，雪哈拉莎德第四次去造訪他家時，門鎖已經換新了。那承受著近午的陽光，閃爍著炫耀的堅固金光。而且玄關墊下已經不再藏有鑰匙。洗衣籃裡遺失了一件兒子的內衣，這件事想必引起母親的懷疑。而且在母親銳利的眼光到處仔細搜查後，發現家裡發生過某種奇怪的事。說不定有誰趁他們不在家時進來過。於是立刻把玄關的鎖換掉。母親所下的判斷都非常正確，行動極其迅速。

當然雪哈拉莎德知道鑰匙換新的事之後非常失望，但同時也鬆了一口氣。心情感覺就像有人走到身後，爲自己卸下肩上的沉重包袱那樣。她想這麼一來我可以不用再去那家闖空門了。如果鎖不換的話，一定會一直繼續侵入那裡，而且她的行動一定會隨著次數的增加而變更激烈。而且遲早將面臨不可收拾的局面。當她在二樓時，可能家人中的誰突然有事而回家來。那樣的話她會無處可逃。也沒有辯解餘地。總有一天一定會發生這種事。終於可以避免那種毀滅性事態了。或許應該感謝——雖然從來沒見過——他那擁有老鷹般銳利眼睛的母親。

雪哈拉莎德帶回去的他的T恤，每天晚上睡前她都會聞一聞。她把那T恤放在身旁睡覺。去學校時則用紙捲起來，藏在不會被發現的地方。用過晚餐，一個人在房間裡時才把那拿出來，摸一摸，聞一聞氣味。雖然擔心日子久了之後氣味會不會逐漸變淡而消失，但並沒有。他的汗的氣味，就像不會消失的重要記憶般，一直滲進那裡。

想到今後不能再到他家去闖空門（可以不用進去）時，雖然是漸漸的，但雪哈拉莎德的頭腦也恢復正常了。意識可以平常地運作了。在教室裡恍惚地做著白日夢的情況也減少了，老師的聲音雖然只有部分但總算能聽進去了。不過她在上課時，與其認眞傾聽老師的聲音，不如集中精神查看他的模樣。他的舉動有什麼改變嗎？有沒有顯出什麼神經質的動作？她毫不怠惰地密切注意。但他的舉動看來和平常毫無改變。還和平常一樣天眞地張口大笑，被老師問到時就清清楚楚地正確回答，放學後則熱心賣力地參與足球社的練習。大聲呼叫，盡情流汗。完全看不出他周圍發生過什麼異樣變化般的跡象。眞是正常得可怕的人，她感到佩服。沒有任何陰影。

不過我知道他的陰影，雪哈拉莎德想。或者接近陰影的東西。其他任何人可能都不知道。只有我知道（或許他母親也知道）。第三次進入空屋時，她發現壁櫥的深處巧妙地藏著幾本黃色雜誌。裡面刊載著許多女性的裸體照片。女人腿張開，大方地露出性器。也有男女正在交合的照片。以非常不自然的姿勢正在交合的照片。像棒子般的性器正插入女人體內。雪哈拉莎德有生以來第一次看到那樣的照片。雪哈拉莎德在他的書桌前坐下，翻閱那些雜誌，很有興趣地一一看著那些照片。她想像他可能一邊看著這種照片一邊自慰。不過那種事並沒有讓她覺得討厭。也沒有對他所隱藏的眞面目感到失望。她知道那種事是自然的行爲。產生出來的精液必須在什麼地方釋放出來才行。男人的身體就是生成這樣的（大體上就像女人有月經一樣）。在這層意義上，他也只不過是一般十幾歲男孩子中的一個而已。既不是正義的英雄，也不是聖人。知道這點之後，雪哈拉莎德反而鬆一口氣。

「不再闖空門後過不久，對他的強烈憧憬逐漸淡化。就像平淺的海岸潮水逐漸退潮那樣。雖然不知道爲什麼，不過我已經不像以前那樣熱心地嗅他的汗衫氣味了，也很少再著迷地撫摸鉛筆和徽章了。簡直就像熱病漸漸治好了那樣，熱度也退了。那並不是像病似的東西。一定是眞正的病吧。那病有一段時間使我的頭腦因爲高燒而錯亂。任何人在人生之中，可能都會經歷過一次那樣錯亂的時期。或者那是只有在我一個人身上所發生的，特殊的事情。嘿，你有過這種事情嗎？」

試想了一下，但羽原沒想到什麼。「我想並沒有發生過什麼特別的事情。」他說。

雪哈拉莎德聽了之後似乎有點失望。「不管怎麼樣我高中畢業後，不知不覺就忘記他了。那麼輕易地忘記，連自己都覺得不可思議。他的什麼地方那樣強烈地吸引十七歲的自己，連這個都幾乎想不起來了。人生眞是奇妙啊。有一段時期覺得閃亮得不得了的絕對的東西，爲了得到那個甚至不惜捨棄一切的東西，過一段時間之後，或稍微換一個角度去看時，卻會令人驚訝地發現褪色了。搞不清楚，我的眼睛到底在看什麼。這就是我的〈闖空門時期〉的故事。」

好像畢卡索的「藍色時期」，羽原想。不過她想說的事，羽原也非常了解。

女人看看枕邊的數字鐘。差不多該回家的時刻了。她若有含意地稍微停頓一下。然後說：

「不過老實說，事情並沒有在那裡結束。大概在那四年後吧，我上護士學校二年級時，在一個有點不可思議的機緣下，又再遇見他。在那裡他的母親也堂堂地出場，而且還牽涉到一點怪談似的東西。不知道你會不會相信，想不想聽那個故事？」

「非常想。」羽原說。

「那麼我下次說。」雪哈拉莎德說。「因爲說來話長，而且差不多該回去做飯了。」

她下了床，穿上內衣，穿上絲襪，穿上肩帶背心，穿上裙子和襯衫。羽原從床上恍惚地望著那一連串的動作。女人穿衣服的每個動作，或許比脫下時的動作更有趣，他想。

「有什麼想讀的書嗎？」臨出門時雪哈拉莎德問。羽原回答沒有什麼特別的。只想聽妳繼續說而已，他想，但沒說出口。因爲覺得一說出口，好像會永遠聽不到那故事的後續似的。

羽原那一夜，時間還早就上床，想著雪哈拉莎德。她或許就這樣不會再出現了。他擔心著這件事。這絕對不是不會發生的事。雪哈拉莎德和他之間，沒有任何私人的約定。那是因為某人而偶然帶來的關係，由於那某人的高興，隨時可能被取消的關係。說起來，是以一條細線勉強維持的連繫。很可能什麼時候，不，一定隨時，就會宣告終了。那繩子就會斷掉。差別只有遲早而已。而且一旦雪哈拉莎德離開後，羽原就無法再聽她說故事了。故事的發展就在那裡被切斷，幾個本來該被說出的不可思議的未知故事，沒被說出就消失掉。

或許，他一切的自由都被剝奪，結果不只是雪哈拉莎德，或許連所有的女人都被遠遠隔離。那種可能性也很大。那樣一來，就不能再進入她們濕潤的身體深處。也不能感覺到那身體的微妙顫抖了。對羽原來說最難過的，可能與其說是性行為本身，不如說是不能再和她們共有的親密時間。所謂失去女人，結果就是這麼回事。一邊組合在現實中，一邊又讓現實化為無效的特殊時間，那是女人們所提供的東西。而雪哈拉莎德充分，且無盡藏地獻給他。那件事，還有遲早將失去那個的事，比什麼都讓他感到悲哀。

羽原閉上眼睛，不再想雪哈拉莎德。然後想八目鰻的事。吸附在岩石上，隱身在水草間，搖搖擺擺地動著的沒有下顎的那些八目鰻。他在那裡成為牠們中的一員，等待鱒魚游來。但無論怎麼等，都沒有半隻鱒魚游過。無論胖的、瘦的，什麼樣的都沒有。於是太陽終於下山，周遭被深深的黑暗所籠罩。

木野

那個男人每次都坐在同樣的位子。吧檯最裡面的高凳上。那個座位幾乎不例外地空著，當然是指人不多的時候。除了這家店本來就很少客滿之外，那裡也是最不起眼，而且說不上舒服的位子。因爲內側有樓梯，上方斜斜地低下來。要起身時必須小心別碰到頭。男人個子高，但似乎很中意那個不舒服的座位。

木野還清楚記得，那個男人第一次到店裡來時的事。一個原因是他理了一個大光頭（好像剛剛才用理髮推子理完似的頭皮發青），雖然很瘦但肩膀卻很寬，總覺得眼光有點銳利。顴骨突出，額頭寬闊。年齡大約三十歲代的前半，既沒下雨，也沒要下雨的跡象，卻穿著灰色長雨衣外套。剛開始還以爲是那方面的人。所以某種程度覺得緊張，也提防過。那是四月中春寒料峭的夜晚，七點半過後，沒有其他客人。

男人選了吧檯最裡面的位子坐下後，脫下外套掛在牆上的掛鉤，以安靜的聲音點了啤酒，然後就默默讀起厚厚的書。從臉上表情看來似乎正很專心地讀著。花三十分鐘喝完啤酒之後，向木野輕輕舉起手，點了威士忌。問他要什麼牌子，說沒有特別偏愛。

「盡可能普通的蘇格蘭威士忌雙份。請兌同量的水，放少量冰塊。」

盡可能普通的蘇格蘭威士忌？木野在玻璃杯注入White Label，兌以等量的水，用冰錐切割冰塊，加入形狀美好的兩小塊。男人喝了一口那個，吟味一番，瞇細眼睛。「這樣很好。」

他又讀了三十分鐘左右，終於站起來，用現金結了帳。爲了不用找錢而把零錢拿出來數一數。他離開後，木野稍微鬆一口氣。但那個男人不在之後，還暫時留著他的氣息。木野在櫃檯裡一邊做著餐點的準備，偶爾忽然抬頭，看看剛才男人坐過的位子。因爲感覺好像有人在那裡微微舉手，想點什麼的樣子。

那個男人開始常常光顧木野的店。每週一次，多的話兩次，這樣的程度。一開始先喝啤酒，然後點威士忌。（白標，同量的水，少許的冰）。有時也會點第二杯，但大體上一杯就結束了。有時也會看黑板上所寫的本日菜單，點個簡餐。

是個沉默寡言的男人。即使頻繁地到店裡露面，但之後除了點東西之外就不再開口。和木野碰面時，會輕輕點個頭。好像在說，我記得你的臉。夜晚還早的時刻，腋下會夾一本書走進來，把那放在櫃檯上讀。厚厚的單行本。沒看過他讀袖珍的文庫本。書讀累了時（大概累了吧），就從書頁抬起眼睛，一一眺望前面架子上排列的酒瓶。簡直像在檢點從遙遠的國度傳來的珍奇動物剝製標本般。

但熟了之後，跟那個男人只有兩個人的時候，對木野來說已經不會再感到拘束了。因爲木野自己也是個木訥的人，因此跟誰在一起彼此都不開口，對他來說並不難過。男人專注於讀書之間，木野就像只有自己一個人時那樣，洗洗東西，準備醬料，選擇唱片，或坐在椅子上一口氣讀起當天的早報和晚報。

木野不知道男人的姓名。男人知道他被稱爲木野。店名也是「木野」。男人並沒有自我介紹，木野也沒有特地問他。他來到店裡，只不過是喝啤酒和威士忌，沉默地讀書，用現金結帳的常客而已。沒有給任何人添麻煩。還需要多知道什麼？

木野在運動器材的行銷公司上了十七年班。在體育大學讀書的時候，還算個過得去的優秀中距離跑者，但三年級時跟腱受傷，只好放棄進企業團隊的夢想，畢業後在教練的推薦下進入該公司擔任一般職員。在公司主要負責跑鞋。他的工作，是讓全國的運動用品店盡量多陳列公司的產品，並盡量讓更多活躍於第一線的運動員穿自己公司的鞋子。這家總公司設在岡山的中堅企業，品牌名字並不像MIZUNO或ASICS般響亮。也沒有像NIKE和adidas般累積高額契約金，擁有和世界一流選手簽專屬契約的雄厚資本。連招待有名選手的經費都出不起。如果想請選手吃飯，只能撙節差旅費，或自掏腰包。

不過他的公司，爲頂尖運動員手工製造鞋子，不計損益地仔細製作，不少選手爲這有良心的工作態度給予極高評價。「只要誠實地工作，結果自然跟著來，」是身爲創業者社長的想法。可能是這種樸素的，與時代潮流背道而馳的公司風氣和木野的人格契合吧。即使像他這種話很少而不親切的男人，也能把業務工作努力處理好。而且正因爲是這種個性，反而也有信賴他的教練，和愛慕他的選手（就算人數不算太多）。每一位選手需要什麼樣的鞋子，他會傾聽他們的聲音，回公司轉達給製作負責人。工作相當有趣，也有意義。待遇不算很好，但有適合自己身高的手感。自己雖然已經不能跑了，但看到年輕力壯的選手優美的體型，活力充沛地跑在跑道上時也滿心快樂。

木野從公司離職，不是因為對工作不滿。而是夫妻間意想不到的問題所帶來的結果。公司裡向來和他最親的同事竟然和他的妻子發生關係被他知道了。木野與其在東京不如去外地出差的時間比較多。帶著一個旅行袋，裝滿鞋子的樣品跑全國各地的運動用品店、到當地的大學，和有田徑隊的公司露面。在他不在家的時候兩個人有了關係。木野對這種跡象不是太敏感。以為自己夫妻感情很順利，也沒有懷疑妻子的言語舉動。如果不是有一天出差碰巧提早回家，可能永遠都不會發現。

他從出差地直接回到葛西的公寓大廈，目睹妻子和那個男人赤裸地在床上。在他家的臥室，夫妻經常睡的床，兩人身體互相重疊。這下子已經沒有誤解的餘地。因為妻子是以騎坐的姿勢在上面，因此木野一打開房門，就和她面對面了。看得見她形狀美好的乳房正上下大大地晃動著。他那時三十九歲，妻子三十五歲。沒有小孩。木野低下頭，關上臥室的門，肩上扛著裝滿一星期份換洗衣服的旅行袋就那樣走出家門，沒有再回去過。然後第二天，就向公司遞辭呈。

木野有一個單身的阿姨。母親的姊姊，容貌端正。那個阿姨從木野小時候就很疼他。阿姨有一個交往很久、年齡比她大的戀人（可能稱愛人比較接近），那個男人很大方地在青山爲她準備了一間獨棟的房子。那是古老美好時代的事情。她住在那二樓，一樓經營喫茶店。有一個小庭園，一株大柳樹的綠葉茂盛地垂下來。位於根津美術館後方巷子的深處，雖然地點完全不適合做生意，但阿姨卻不可思議地對人擁有吸引力，生意還算興隆。

但阿姨過了六十歲後腰搞壞了，一個人要打理整個店的生意漸漸感覺吃力。於是決定從店的經營抽手，打算搬到伊豆高原附有溫泉的休閒公寓去。那裡的復健設施也很完善。因此曾經問過木野：「我離開後，將來你有沒有意思來接這家店？」那是發現妻子出軌的大約三個月前的事。很感謝您的好意，但現在並沒有那個意思，木野回答。

向公司遞出辭呈之後，木野打電話給阿姨，問她店是否還沒賣掉。雖然已經委託仲介公司了，不過現在還沒聽說有人認眞詢價。如果可能，想在那裡開一家類似酒吧的店試試看，能不能以每個月付房租的方式租給我？木野問。

「公司的工作怎麼辦？」阿姨問。

「公司我最近已經辭掉了。」

「太太沒反對嗎？」

「我想最近會離婚。」

木野沒有說明原因，阿姨也沒多問。電話那頭有一陣短暫的沉默。然後阿姨開口提到，如果出租，月租多少。比木野所預期的金額要少得多。木野說那樣的話應該付得起。

「好像還有一點離職金可以拿，我想錢的事不會給阿姨添麻煩。」

「這種事我倒不擔心。」阿姨爽快地說。

木野過去雖然沒有和阿姨談過多少話（母親不太喜歡他和這個阿姨親近），

但一直以來他們彼此有不可思議互相理解的地方。她知道，木野是一旦約定之後不會輕易食言的男人。

木野用了儲蓄的一半，把喫茶店的裝潢改爲酒吧。備齊了設計盡量簡單的餐具，用厚木板作成長吧檯，椅子換新。貼上顏色沉靜的壁紙，燈光也改成適合喝酒場所的東西。從家裡拿來少量的唱片，排在架子上。音響設備也擁有還不差的東西。Thorens的唱機和Luxman的擴大機。小型JBL 2-way。這是單身時代相當勉強地買下來的東西。他從以前就喜歡用黑膠唱片聽古老時代的爵士樂。那幾乎是他唯一的——而且周圍並沒有稱得上是同好的朋友——興趣。加上他曾經在六本木的酒吧打工當過酒保，所以大多的雞尾酒他都可以當場調出來。

店名就用「木野」。因爲想不起其他合適的名字。最初的一星期，沒有一個客人。但因爲是預料中的事，並沒有太在意。他開這家店的事，沒有告訴認識的任何人。既沒有廣告，也沒有豎立醒目的看板。在巷子底開店，只是安靜地一直等著意外發現這裡的好奇客人走進來而已。還有一點離職金，分居的妻子也沒有向他提出任何經濟上的要求。因為她已經開始和木野的前同事同居了，因此過去兩個人所住的葛西的公寓大廈已經不需要了。所以他決定把那裡賣掉，扣掉貸款餘額所剩的錢兩人各分一半。木野住在店的二樓。暫時應該可以餬口。

在完全沒有客人來的店裡，木野好久沒有這樣盡興地聽音樂，讀想讀的書。就像乾燥的地面承受雨水那樣，極自然地接受孤獨、沉默和寂寥。經常放亞特・泰坦（Art Tatum）的鋼琴獨奏唱片。那音樂和現在他的心情很搭配。

對分手的妻子，和跟她睡覺的前同事，不知怎麼竟然沒有湧起憤怒和憎恨的心情。當然剛開始曾經受到強烈的打擊，有一段時間一直處在沒辦法好好思考的狀態，但終於開始想開了，「這也是沒辦法的事吧。」終究，就是會遇到那種事。本來就沒有任何成就，也沒有任何生產的人生。既不能帶給誰幸福，當然也無法帶給自己幸福。大體上所謂幸福是什麼樣的東西，木野無法清楚斷定。他也不太能清楚感覺到所謂痛苦、憤怒、失望，和看清。他勉強能做到的，只有讓自己像那樣失去深度和重量的心，不要飄忽不定，暫且先確保住確實能繫緊的場所而已。「木野」這間巷子深處的小酒吧，就成為那具體的場所。而那裡——雖然說起來只是結果——很奇怪居然成為一個很舒服的空間。

比人更先發現「木野」很舒服的是一隻灰色的野貓。一隻年輕的母貓，擁有長長的美麗尾巴。她好像很中意酒店角落一個凹入的裝飾櫥櫃的樣子，在那裡縮成一團睡覺。木野盡可能不理會貓，隨便她去。貓大概希望別理她吧。一天餵她一次，幫她換水。除此之外沒做別的。而且為了讓貓能隨時自由出入，還幫她設了一個小出入口。但貓不知怎麼，反而比較喜歡和人一起從正門進出。

或許那隻貓帶來了好運。雖然只是一點一點慢慢增加，不過客人終於開始光顧「木野」。巷子深處的獨棟房子，小而不起眼的看板，歷經歲月的老柳樹，沉默寡言的中年店主，唱機轉盤上旋轉的老LP唱片，只有兩種每日更換的輕食菜色，躺在店裡一角的灰色的貓。也有客人喜歡這樣一個暫時歇腳的地方，來過許多次。他們也會帶新客人來。雖然離生意興隆還差得遠，不過營業額開始可以付得起每個月的房租。對木野來說這樣就夠了。

理光頭的那個年輕人開始到店裡露面，是開店後大約兩個月的時候。而到木野知道他的名字爲止，還需要再過兩個月。那個男人姓神田。字寫成神明的田地的神田，發音是KAMITA。不是KANDA，男人說。不過並不是對木野這樣說的。

那天下著雨。令人猶豫要不要撐傘程度的雨。店裡只有KAMITA和穿著深色西裝兩人一組的男客。時鐘指著七點半。KAMITA像平常那樣坐在吧檯最靠裡面，一邊喝著白標兌水威士忌一邊讀著書。二人組則坐在餐桌席，喝著Haut-Medoc瓶裝。他們一走進店裡就從紙袋裡拿出葡萄酒瓶，說：「我們會付開瓶費五千圓，所以可以在這裡喝這個嗎？」雖然沒有前例，但也沒有理由拒絕，因此木野說可以呀。幫他們開了瓶，拿了兩個葡萄酒杯過來。並端出綜合豆子來。並不麻煩。只是兩個人抽很多菸，因此對香菸敏感的木野來說，是不太敢領教的客人。因爲店裡閒著，因此木野在高凳上坐下來，聽著收錄了〈Joshua Fit the Battle of Jericho〉（〈約書亞在耶利哥城之戰〉）的Coleman Hawkins的ＬＰ唱片。Major Holly的貝斯獨奏非常精彩。

兩個男人剛開始還心平氣和很平常地喝著葡萄酒，但終於因爲某種原因而開始爭吵起來。內容並不清楚，不過似乎是兩人對某個特定問題的意見有微妙的差異，嘗試找出共同點但終於失敗的樣子。雙方都逐漸感情用事起來，輕聲的口角變成尖銳的爭論。到了某個時間點一個人正要從座位上站起來時，桌子傾斜了，滿是菸蒂的菸灰缸和一個葡萄酒杯掉落地上，玻璃碰得粉碎。木野拿掃把過去，清掃地板，拿出新的玻璃杯和菸灰缸。

KAMITA——不過那時候還不知道名字——對那兩個男人那種旁若無人的舉動顯然深覺困擾。表情雖然沒變，但他左手的手指，卻像鋼琴師在檢點在意的特定琴鍵時那樣，輕輕咚咚地敲著吧檯。這個場面必須妥善處理才好，木野想。這裡是他必須主動負責的場所。木野走到兩個人的地方去，客氣地拜託說很抱歉可以請小聲一點嗎？

一個人抬起頭來看木野。一副厭惡的眼神。然後從座位站起來。這時候才發現，竟然是個壯漢。個子雖然不太高，但胸板厚實手臂粗壯。去當相撲力士都不奇怪的體格。從小打架從來沒輸過。習慣指揮別人。卻不喜歡被指揮。木野在體育大學時，看過幾個這種類型的傢伙。不是道理說得通的對象。

另外一個男人個子小多了。瘦瘦的臉色不佳，一副精明幹練的模樣。給人一種善於巧妙煽動別人去做什麼事的印象。他也從座位慢慢站起來。木野成爲和兩人面對面的態勢。兩人這時候似乎乘機把爭吵暫且擱在一邊，決定聯手對付木野的樣子。兩人的呼吸驚人地契合。簡直就像早已暗中等待著這種局面的展開似的。

「怎麼樣，好神氣啊，來妨礙人家說話？」壯漢以乾燥粗壯的聲音說。

他們都穿著看來頗高級的西裝，但靠近仔細一看那縫工卻不算上品。雖然不是眞正的流氓，不過可能接近那路的。總之似乎是不務正業的傢伙。壯漢剪了個鍋蓋頭，小個子染成茶色的頭髮綁了個髮髻般的馬尾。木野察覺到可能有點小麻煩了。腋下開始滲出汗來。

「對不起。」背後傳來這樣的聲音。

回頭一看，KAMITA從吧檯的高凳下來，站在那裡。

「請不要責怪店裡的人好嗎？」KAMITA指著木野說。「因爲你們聲音很大，所以我拜託他幫忙提醒你們一下。我沒辦法集中精神看書。」

KAMITA的聲音反而比平常安穩而且緩慢。但其中，在看不見的地方有什麼開始慢慢動起來的跡象。

「**沒辦法看書**。」小個子男人小聲地，照對方說的原樣重複一次。好像在確認文法上的結構有沒有差錯似的。

「你沒有家嗎？」壯漢對KAMITA說。

「有。」KAMITA回答。「我住在這附近。」

「那，你可以回家去看哪。」

「我喜歡在這裡看書。」KAMITA說。

兩個男人面面相覷。

「書借我看看。」小個子男人說。「我幫你看好了。」

「我喜歡自己安靜地看。」KAMITA說。「而且因爲我不喜歡漢字被讀錯。」

「有意思的傢伙。」壯漢說。「很好笑。」

「您貴姓？」馬尾巴問。

「字是神明的田地的神田，讀成KAMITA。不是KANDA。」KAMITA說。

這時候木野才第一次知道他的姓。

「我會記得。」壯漢說。

「這想法很好。記憶總會成爲某種力量。」KAMITA說。

「總之我們出去外面怎麼樣？那樣彼此可以有話直說。」小個子男人說。

「可以呀。」KAMITA說。「到哪裡都行。不過在那之前要不要先把帳結清？這樣才不會給店造成麻煩。」

「好啊。」小個子男人同意。

KAMITA請木野結帳，自己的份連零錢都正確地放在吧檯上。馬尾巴從紙袋抽出一萬圓鈔票，放在桌上。

「連打破的玻璃杯算在內，這樣夠嗎？」

「夠多了。」木野說。

「小氣的店。」壯漢嘲笑似地說。

「不用找了，去買好一點的葡萄酒杯吧。」馬尾巴對木野說。「那種杯子連上等葡萄酒都變難喝了。」

「眞是小氣的店。」壯漢又再重複。

「沒錯，這裡是小氣的客人聚集的，小氣的店。」KAMITA說。「不適合你們。另外還有適合你們的店吧。不過不知道在哪裡。」

「說話滿有意思的傢伙。」壯漢說。「很好笑。」

「以後想起來，請慢慢笑吧。」KAMITA說。

「不管怎麼說，我可不想被閣下一一指使去哪裡或別去哪裡。」馬尾巴說。並用長舌頭慢慢舔著嘴唇。像面對獵物的蛇那樣。

壯漢打開門出去外面，馬尾巴跟在他後面。貓可能感覺到不安穩的空氣吧，明明下著雨，也在他們之後跑出外面。

「沒問題嗎?」木野問KAMITA。

「不用擔心。」KAMITA嘴角浮現淡淡的微笑說。「木野先生在這裡，什麼都不用做只要等著。不會花多少時間。」

然後KAMITA就出去了，把門關上。雨還繼續下著。雨腳比剛才稍微轉強一些。木野依他說的在吧檯的高凳上坐下，只等時間過去。沒有新客人進來的跡象。外面非常靜，聽不見任何聲音。KAMITA正在讀的書依然在吧檯上翻開書頁沒動，就像訓練過的狗那樣等待著主人歸來。十分鐘過後門開了，KAMITA一個人進來。

「方便的話可以借我毛巾嗎？」他說。

木野給他乾淨的毛巾。KAMITA用那擦擦溼掉的頭髮。並擦擦脖子，擦擦額頭，最後擦擦雙手。「謝謝。已經沒問題了。他們再也不會露面。應該也不會給木野先生帶來麻煩吧。」

「到底發生了什麼？」

KAMITA只輕輕搖頭。可能是「別知道比較好」的意思。然後他回到座位喝剩下的威士忌，若無其事地繼續讀書。臨走時要付帳，因此木野提醒他已經結過帳了。「是啊。」KAMITA不好意思地說，立起雨衣領子，戴上有帽簷的圓帽走出店外。

KAMITA回去後，木野走出外面，在附近繞一圈看看。但巷子裡靜悄悄的。並沒有行人。既沒有打鬥過的痕跡，也沒有血跡。那裡到底發生了什麼？他回到店裡，等待客人。但到最後都沒有客人上門，貓也沒回來。他在玻璃杯裡注入雙份的白標威士忌，加了等量的水，放兩小塊冰塊，試著喝看看。並不是有獨特風味的飲料。只是該有的樣子而已。不過不管怎麼樣，那一夜，他需要一些酒精。

學生時代，走在新宿的後街，曾經目睹像流氓的男人和兩個年輕上班族打架。流氓看來是一副有點窮酸相的中年男人，兩個上班族體格比較好，也喝過酒了。所以兩個人小看了對方。但可能是有拳擊的心得吧。在某個時間點流氓握緊拳頭，不發一言地，把對方兩個人以眼睛都來不及轉一下的速度就打倒了。而且在倒下後隨即用皮鞋底猛踹了幾次。可能斷了幾根肋骨也不一定。聽得見那鈍重的聲音。然後男人若無其事地走掉。這是行家的打鬥，木野當時這樣想。不說廢話。腦子裡已經預先想好動作的招數。在對方準備好之前就快速制伏對方。在對方倒下後仍毫不猶豫地補上最後一擊。就那樣離去。外行人沒有勝算。

木野想像KAMITA也和那一樣地，在數秒之內就擺平那兩個男人的情景。這麼說來，KAMITA的風貌有點令人聯想到拳擊手的地方。但在那個雨夜，實際上在那裡做了什麼，木野無從知道。KAMITA也不打算說明。越想謎團越深。

這件事發生過的大約一星期後，木野和客人中的一個女人睡覺。她是木野和妻子分手後的第一個上床對象。年齡大約三十，或稍微超過三十，這左右。是否能納入美女範圍內有點微妙，不過頭髮直直長長的，短鼻子，有一股吸引人目光的獨特氛圍。舉動和說話方式有些慵懶的印象，很難讀取她的表情。

女人以前也來過店裡幾次。每次都和同年齡層的男人一起。男人戴著玳瑁框眼鏡，下巴留著以前披頭族式的尖鬍子。長頭髮，沒繫領帶，因此可能不是一般上班族。她經常穿著細長的洋裝，明顯襯出她苗條的好身材。兩人坐在吧檯席，有時一邊悄悄交談一邊喝雞尾酒或雪利酒。待不太久。可能是親熱之前喝的，木野想像。或那之後。都有可能。但不管是哪一種，兩人的喝酒方式中有令人聯想性行爲的東西。長久而濃密的性行爲。兩人都缺乏表情到不可思議的地步，尤其女人，木野沒看過她笑。

女人有時會找木野說話。每次都是和當時放的音樂有關的事情。音樂家的名字或曲名。她喜歡爵士樂，說她自己也收集了一些黑膠唱片。「我父親常常在家裡聽這種音樂。我自己雖然喜歡比較新的東西，不過聽到這個會很懷念。」

到底是懷念音樂，還是懷念父親，從那口氣無法判斷。不過木野刻意不去問她。

老實說，木野特別注意不要和那個女人太接近。因爲他跟她稍微親近，她的男伴看來似乎就會不高興。有一次跟那個女的稍微多談了一下音樂的事（東京都內二手唱片行的資訊，和唱片的保養整理），後來每次有甚麼事，那男的就開始朝木野投以含有懷疑意味的冷眼。木野平常就注意盡量和這方面的麻煩保持距離。人類所擁有的感情中，或許沒有比嫉妒心和自尊心更惡質的。而且木野不知怎麼卻再三嚴重地遇到這兩種麻煩。木野有時會想，我或許擁有某種刺激人們這種黑暗部分的東西。

但那一夜，女人一個人來到店裡。除了她之外沒有客人。繼續下著長雨的夜晚。一打開門，有雨味道的夜氣便悄悄潛入店裡。她坐在吧檯點了白蘭地，說請幫我放比莉・哈樂黛的唱片。「盡可能早期的東西更好。」木野把收錄了〈Georgia on My Mind〉哥倫比亞的老LP放在轉盤上。然後兩個人默默聽著那張唱片。背面也放可以嗎？她說。他依她說的做了。

女人花時間喝了三杯白蘭地，又聽了幾張老唱片。Erroll Garner的〈Moonglow〉、Buddy DeFranco的〈I Can't Get Started〉。木野剛開始心想，她可能和每次來的男人約好了，但到了快打烊的時間男人依然沒露面。女人似乎也沒在等男人來的樣子。證據是眼睛一次也沒看時鐘。一個人聽音樂，在無言之間尋思著什麼，拿起玻璃杯喝著白蘭地。女人看來並不以沉默爲苦的樣子。

白蘭地是適合沉默的酒。可以安靜地搖一搖，看一看顏色，聞一聞氣味以消磨時間。她穿著黑色短袖洋裝，披著深藍色薄毛衣。耳朵上戴著小巧的人造珍珠耳環。

「今天看不到妳的朋友嗎？」差不多快到打烊時刻時，木野索性問女人。

「今天他不來。因爲他在很遠的地方。」女人從高凳上站起來，走到正在熟睡的貓的地方去，用指尖溫柔地撫摸牠的背。貓不介意地就那樣繼續睡。

「我們正在想，以後不要再見面了。」女人好像透露心事般說。或者是對貓說的也不一定。

無論如何，木野都無法回答。他沒有特別說什麼。就那樣在吧檯裡繼續收拾著。把調理臺的髒污擦掉，把調理用具洗了收進抽屜。

「該怎麼說才好呢，」女人停止撫摸貓，一邊響起高跟鞋的聲音一邊回到吧檯來，「因爲我們的關係，不能說太平常。」

「不能說太平常。」木野把對方的話沒什麼用意地照樣重複。

女人把玻璃杯裡還剩少許的白蘭地喝乾。「我有東西想讓木野先生看。」

那不管是什麼，木野都不想看那種東西。那是不該看的東西。這種事情從一開始就知道了。但他這時早已失去該開口說出的話。

女人脫下毛衣，放在高凳上。然後雙手繞到脖子後面，把洋裝拉鍊拉下。接著把背朝向木野。白色胸罩背後部分的稍微下方，看得見幾個小痣般的東西。顏色像褪色的炭一般，那不規則的分散方式令人想起冬夜的星座。暗沉而枯竭的星星的連續。可能是傳染性疾病發疹後所留下的痕跡。或某種傷痕？

她什麼也沒說，露出的背長久向著木野。新品似的內衣鮮明的白色，和痣般的暗沉形成不祥的對照。木野彷彿被問到什麼問題，卻無法掌握那問題意思的人般，無言地注視著那背。眼睛無法從那裡移開。女人終於把背後的拉鍊拉上，轉過身來。披上毛衣，像在消磨時間般整理頭髮。

「是用點著的香菸壓出來的。」女人簡單地說。

木野一時失去語言。但又不能不說什麼。「是誰做了這種事？」他以缺乏溫潤的聲音說。

女人沒有回答。連想回答的跡象都沒有。而且木野也沒有特別再尋求答案。

「可以再給我一杯白蘭地嗎？」女人說。

木野在她的杯裡注入白蘭地。她喝了一口，感覺到那溫暖在胸部深處慢慢流下去。

「木野先生。」

木野停下正在擦著玻璃杯的手，抬頭看她。

「這種東西在其他地方也有。」女人以缺乏表情的聲音說。「該怎麼說呢，在有點不方便讓人看的地方。」

那一夜，爲什麼會和那個女人發生關係，木野已經想不起自己心的動向了。那個女人有什麼不尋常的東西，這件事木野一開始就感覺到了。那什麼小聲地在他本能的領域告訴他。說不可以和這個女人深入交往。何況背上有菸疤。木野本來就是一個很小心的男人。無論如何都想抱女人的話，以職業的爲對象就行了。只要花錢就能解決事情。而且本來木野的心也沒有被那個女人所吸引。

但那一夜，女人顯然強烈地需要被男人——現實上是被木野——擁抱。她的眼睛缺乏深度，只有瞳孔奇妙地膨脹著。沒有退回的餘地，有的是充滿決心的閃光。木野無法抗拒那強烈的形勢。他沒有那樣的能力。

木野把店門關上，和女人一起走上樓梯。女人在臥室的燈下快速脫下洋裝，脫掉內衣，張開身體。並讓他看那「見不得人的地方」。木野忍不住別過頭去。但視線沒有理由不再轉回那裡。能夠去做那樣殘酷行爲的男人心的動向，和能夠繼續忍受那種疼痛的女人心的動向，木野都無法理解，也不想理解。那是在距離木野所住世界多少光年的地方，不毛星球上的荒涼光景。

女人拉起木野的手，到那灼傷的疤痕上。讓他一一順序觸摸全部疤痕。緊靠乳頭的旁邊，緊靠性器的旁邊也有那疤痕。他的指尖在她的引導下，摸索著那黑暗而僵硬的疤痕。就像順著編號用鉛筆畫出引線，讓圖形浮現那樣。那形狀既像什麼，結果什麼也不像。然後女人讓木野把衣服脫掉，兩人在榻榻米上交合。沒有對話也沒有前戲，連關燈的餘裕、鋪被的餘裕都沒有。女人的長舌在木野的喉嚨深處探索，雙手指甲掐入背上。

他們像兩頭飢餓的野獸般，在毫不掩飾的燈光下，無言中幾度貪戀著慾望的肉身。以各種姿勢各種做法，幾乎沒休息地做。窗外開始轉亮時，兩人才鑽進棉被，像被拉進黑暗中般入睡。木野醒來時已近中午，那時女人已經消失蹤影。心情像做了一個非常真實的夢之後。但當然不是夢。他背上有深深的指甲痕，手臂上留著齒痕，陰莖上有被絞緊過的鈍重痛感。白色枕頭上留下幾根黑色長髮渦捲著，床單上留有從來沒聞過的強烈氣味。

在那之後女人還以客人身分來過店裡幾次。和每次來的那個顎鬚男人一起。坐在吧檯，兩人安靜地一邊談話一邊適度喝著雞尾酒，然後回去。女人會和木野簡短交談幾句，主要是談音樂。以極普通的若無其事的聲音，以完全不記得某一天夜晚兩人之間曾經發生過事情的樣子。但在女人眼睛深處，則有類似深深慾望之光的東西。木野看得見那個。就像漆黑坑道的更深處看得見油燈那樣，確實沒錯是在那裡。那凝聚的光，讓木野清晰地想起，指甲掐入背後的疼痛、陰莖被絞緊的觸感、到處探索的長舌、留在棉被上奇異的強烈氣味。在在告訴他，你無法忘記那個。

她和木野交談之間，同行的男人以擅長讀取行間眞意的讀書家般的眼光，非常注意地仔細觀察木野的臉色和舉動。那對男女之間，擁有黏稠地糾纏著般的感覺。他們似乎悄悄分享著只有兩人才能理解的重大祕密。他們來到店裡是在性行爲之前或之後，木野依然無法判斷。但可以確定是這二者之一。而且要說不可思議也眞不可思議，兩個人都完全不抽菸。

女人可能哪一天還會來，或許在安靜的下雨夜晚，一個人來訪吧。同行的留顎鬚的男人到某個「遠方」的時候。木野知道這個。女人眼睛深處那深沉的光告知這件事。女人坐在吧檯的座位沉默地喝了幾杯白蘭地，等候木野打烊關門。然後走上二樓，脫下洋裝，在燈下張開身體，讓他看新增的灼傷疤痕。然後兩人又再像兩頭野獸般激烈交合。沒有餘裕想任何事，直到夜色泛白爲止，那會是什麼時候，木野不知道。不過總有一天。是由女方決定的。想到那件事，喉嚨深處就一陣乾渴。喝多少水都無法痊癒的乾渴。

夏天的終了，離婚終於正式成立，那時木野和妻子見了一面。還有幾件事必須兩個人商量解決，據妻子的代理人說，她希望直接和木野兩個人單獨談。於是決定兩人在木野營業前的店裡見。

事情立刻就解決（她所提出的一切條件，木野毫無異議），兩人在文件上簽名蓋章。妻子穿著新的藍色洋裝，頭髮剪成從來沒有的短。表情也比以前明朗，看起來很健康。脖子和手臂的贅肉也乾淨地消除了。對她來說，是開始了新的，想必是更充實的生活。她環視店裡一圈，說滿漂亮的店嘛。安靜而清潔，有一股穩定的氛圍。很像你的樣子。然後有一段短暫的沉默。但是這裡沒有會讓人心震動的東西……她可能想這樣說，木野推測。

「想喝什麼？」木野問。

「如果有紅葡萄酒，就一點點。」

木野拿出兩個葡萄酒杯，注入納帕谷的Zinfandel。然後兩人默默地喝著。總不能為祝賀離婚正式成立而乾杯。貓走過來，稀奇地自己跳上木野的膝頭坐下來。他幫貓撫摸耳朵後面。

「我不能不向你道歉。」妻子說。

「爲什麼？」木野問。

「因爲讓你受傷了。」妻子說。「你受傷了吧，有一點？」

「這個嘛，」木野停頓一下然後說：「畢竟我也是人，所以受傷還是受傷了。至於程度是多是少，就不知道了。」

「我想見個面，爲這件事好好向你道歉。」

木野點頭。「你道過歉，我接受了。所以可以不用再掛心了。」

「在事情演變到這樣之前，我就想一定要老實告訴你才行，但怎麼都說不出口。」

「不過不管經歷什麼樣的途徑，事情的結果都會一樣吧？」

「我想也是。」妻子說。「不過，一直說不出口拖拖拉拉之間，竟然變成最糟糕的情況。」

木野默默把葡萄酒杯送到嘴邊。實際上，他幾乎就要忘記那時候所發生的事了。很多事情無法照順序想起來。就像紛紛散落的索引卡那樣。

他說：「這也不能怪誰。如果我不要比預定提早一天回家就好了。或者事先聯絡就好了。那麼事情就不會變成那樣。」

妻子什麼也沒說。

「跟那個男人的關係是從什麼時候開始的？」木野問。

「我想別談那個比較好。」

「妳是說我不知道比較好嗎？」

妻子沉默。

「是啊，或許是這樣。」木野同意。然後繼續撫摸貓。貓從喉嚨發出巨大的聲音。那也是過去所沒有的事。

「或許我沒有資格說這種話，」過去是他妻子的女人說：「不過我想你還是早點把事情都忘掉，找到新的對象比較好。」

「不曉得。」木野說。

「什麼地方一定有可以好好跟你相處的女人。我想對象並不那麼難找。

我沒能成爲那樣的人，結果做出殘酷的事，我覺得非常過意不去。不過我們之間，從一開始就有像扣錯釦子般的情況。我想你是能更平常地得到幸福的人。」

扣錯釦子，木野想。

木野的眼睛轉向她身上新的藍色洋裝。因爲兩人面對面坐著，因此並不知道那背後是拉鍊或釦子。不過那拉鍊拉下時，或那釦子打開時，那裡看得見什麼呢？木野無法不去尋思。那身體已經不屬於他了。再也無法看到那裡，再也無法摸到那裡。他只能動用想像。閉上眼睛時，無數暗褐色的灼傷疤痕，在她光滑白皙的背上，像一群活生生的蟲子般蠢蠢移動，各自往不同的方向爬著。他想擺脫那不祥的印象，一連輕輕往左右搖了幾次頭。妻子似乎誤解那動作的意思了。

她溫柔地把手疊在木野的手上。「對不起，」她說：「眞的很抱歉。」

秋天來了，首先是貓不見了，然後是開始出現蛇。

貓不見了，木野是過了一些日子才發現的。原因是那隻母貓——沒有名字——想來的時候才會來店裡，有時也會有一段時間完全不見蹤影。貓是崇尙自由的生物。而且好像還有其他地方有人會餵那隻貓。所以一星期或十天不見蹤影，木野也不以爲意。不過不在超過兩星期，他開始有點不安起來。會不會遇到什麼意外？然後達到三星期時，木野憑直覺領悟到貓可能不再回來了。

木野喜歡那隻貓，貓似乎也和木野很投緣。他會餵貓食物、提供睡的地方、盡量不去打擾牠。貓以顯示好意，或不顯示敵意回報。貓似乎還負起保護木野的店的任務。只要貓在角落裡安靜睡覺，就不太會發生壞事。有這種感覺。

貓不見蹤影的前後，房子周圍開始出現蛇。

第一次見到的是不起眼的暗褐色的蛇。相當長。在影子落在前庭的柳樹下，蜿蜒著慢慢前進。木野抱著裝有食物的紙袋，正在打開前門的鎖時，目擊那條蛇。在東京正中央看見蛇是很稀罕的事。他有點吃驚，但沒有太在意。後方就是根津美術館留下大片自然的廣闊庭園。有蛇住在裡面也不爲奇。

但在那兩天後，他中午之前想拿報紙而打開門時，幾乎在同樣的地方又再目擊不同的蛇。這次是帶有青色的蛇。比上次那條小一些，感覺有點滑溜。那條蛇看到木野現身時就停止不動，微微抬起頭窺視他的臉。（或看起來像在窺視）。木野正猶豫該怎麼辦時，蛇慢慢放下頭，快速消失到隱蔽的地方去。木野這時不得不感覺到某種可怕的東西。因爲覺得那條蛇好像知道他似的。

又在幾乎同樣的地方目擊到第三條蛇，是在那三天後。也是在前庭的柳樹下。這次的是身長比前兩條要短得多的，帶有黑色的蛇。木野不清楚蛇的種類。不過那條蛇給他的印象是到目前爲止最危險的。看起來像有毒的蛇，但不能確定。他看到那條蛇是只有一瞬間的事。蛇一感覺到木野的動靜時，就飛也似地消失到雜草中去。一星期內目擊三條蛇，怎麼說都太多了。這一帶或許正在發生什麼事情。

木野打電話給在伊豆的阿姨。簡單報告過近況後，就試著問她過去在青山的家裡周圍有沒有看過蛇。

「蛇？」阿姨好像嚇一跳似地提高聲音。「那種爬行的蛇嗎？」

木野說出在家的前面一連目擊三條蛇的事。

「我在那兒住了很久，這麼說來並不記得看過蛇啊。」阿姨說。

「那麼，一星期之間在家的周圍一連看到三條蛇，是不太尋常的事囉？」

「嗯，是啊。我想是不尋常。說不定是大地震來臨的前兆，不是有這種說法嗎？據說動物在變異來臨之前會有感覺，而表現出和平常不同的行爲。」

「如果是這樣的話，或許應該準備一些非常時期的食物比較好吧。」木野說。

「我想這樣很好。不管怎麼樣，反正只要住在東京，地震總是不知道什麼時候就會來。」

「不過，蛇這東西這麼在乎地震嗎？」

阿姨說自己並不知道蛇在乎什麼。木野當然也不知道這種事。

「不過，蛇這東西本來就是很聰明的動物啊。」阿姨說。「在古代的神話中，蛇經常扮演引導人類的角色。這是全世界任何地方的神話都不可思議地共通的地方。但那是往好的方向，或壞的方向，除非實際被引導之後才會知道。

或者很多情況是，那既是好的東西，同時也是壞的東西。」

「二義性。」木野說。

「沒錯，蛇這東西本來就是二義性的生物。而且其中最大最聰明的蛇，爲了自己不要被殺，而把心臟藏在別的地方。所以如果想殺那條蛇的話，就要趁牠不在家時到那藏匿的地方去，找出搏動的心臟，把那切成兩半才行。當然這不是簡單的事。」

木野爲阿姨的博學感到敬佩。

「上次我看NHK時，在比較世界各地神話的節目中，某個地方的大學教授這樣說。電視會教我們很多有用的事。不可忽視喔。如果有空，你也不妨多看電視。」

一星期之間在這附近看到三條不同的蛇，不能算是普通的事——這是和阿姨的談話中弄清楚的一件事。

十二點打烊，關上店門後，上了二樓。泡過澡，讀了一會兒書，兩點前熄燈睡覺。在這樣的時刻，木野開始感覺到自己正被一群蛇包圍著。家裡周圍有無數的蛇團團圍住。可以感覺到那隱密的氣氛。深夜裡周遭一片寂靜，除了偶爾有救護車的警笛聲之外聽不見任何聲響。好像連蛇爬行的聲音都聽得見。他爲貓所設的出入口，已經釘上木板封住了。爲了不讓蛇爬進屋裡來。

那些蛇至少現在似乎沒有打算對木野做什麼。牠們只是在這棟小屋的周圍靜悄悄地採取二義性的包圍而已。那隻灰色的母貓不再到這家店來或許也因爲這個原因。被灼傷的女人也有一陣子沒出現了。木野怕她在雨夜一個人獨自到店裡來，同時內心深處也悄悄期待著。那也同樣是二義性的事情之一。

有一天晚上KAMITA在十點前出現。點了啤酒，喝了雙份的白標，在那之間甚至還吃了高麗菜捲。他在這麼晚的時刻到店裡來，和待那麼長時間，都是特例。KAMITA偶爾從讀著的書抬起頭來，注視著正面的牆壁。好像在深入思考什麼。然後到了打烊時刻，等待自己成爲最後的客人。

「木野先生，」KAMITA結過帳後，以鄭重的聲音說：「事情變成這樣，我也非常遺憾。」

「什麼變成這樣？」木野不禁反問。

「這家店不得不關門的事。就算只是一時的。」

木野無言地看著KAMITA的臉。店要關門？

KAMITA環視一圈無人的店裡。然後看著木野的臉說：「您似乎還不太明白我說的意思喔？」

「嗯，我想我不太能理解您在說什麼。」

KAMITA像在剖白般說：「我相當喜歡這裡。可以安靜讀書，也喜歡這裡放的音樂。我很高興這個地方開了一家這樣的店。不過很遺憾很多東西似乎都殘缺了。」

「殘缺了？」木野說。木野不清楚這話具體上意味著什麼。他所能想到的，只有一個碗的邊緣有個小缺口的程度。

「那隻灰色的貓大概不會回到這裡了，」KAMITA沒回答那個地說：「至少暫時之間。」

「那是因為這個場所變殘缺的關係嗎？」

KAMITA沒回答。

木野學KAMITA那樣試著仔細環視店內一圈，看不出和平常不同的地方。但可以感覺到好像比平常空虛，也失去活力和色彩。打烊後的店本來就空蕩蕩的，即使知道這點，依然有這種感覺。

KAMITA說：「木野先生不是一個自己會主動去做錯誤事情的人。這點我很清楚。不過這個世界，有時光是不去做不對的事還不夠。有的東西會利用這種空隙當退路。我的意思您懂嗎？」

木野無法理解。他說不太懂。

「請好好想一想那件事，」KAMITA筆直看著木野的眼睛說：「那是需要深入思考的重要問題。雖然答案可能不太容易出來。」

「KAMITA所說的是，我並不是因爲做了什麼不對的事，而是因爲沒去做對的事，所以產生了重大的問題是嗎？關於這家店，或關於我自己。」

KAMITA點點頭。「嚴格說的話，可能是這樣。不過就算是這樣，我也不打算責怪您一個人。我也應該更早注意到。這也是我的疏忽。這裡不只有對我是這樣，一定對任何人來說都是個住得很舒服的地方。」

「我今後要做什麼才好呢？」木野問。

KAMITA默默把雙手插進雨衣外套的口袋，然後說：「暫時把這家店關起來，到遠方去旅行吧。目前這時候，似乎沒有別的事可做。如果認識高明的法師，可以請他來誦經，在房子周圍貼護符。不過這個時代，很難找到那種人。所以最好在下次開始下長雨之前離開這裡。很失禮，你要去長途旅行的費用夠嗎？」

「依長度而定，不過如果只是暫時，還可以支應。」木野說。

「那就好。以後的事只能以後再想。」

「不過，您到底是誰？」

「我只是KAMITA，」KAMITA說：「寫成神田，但不讀成KANDA。從很早以前就住在這一帶。」

木野鼓起勇氣乾脆問道：「KAMITA先生，我想請教一個問題，以前在這一帶看過蛇嗎？」

KAMITA沒回答這問題。「聽清楚了吧，要去遠方，盡可能頻繁地繼續移動。另外一件事，每星期一和星期四一定要寄風景明信片。那樣的話就知道木野先生平安無事了。」

「風景明信片？」

「只要是當地的風景明信片，什麼樣的都行。」

「不過風景明信片要寄到哪裡，寄給誰呢？」

「給伊豆的阿姨就行了。不可以寫出寄件人的名字和任何訊息。請只寫收件者。這是很重要的事，千萬不可以忘記。」

木野驚訝地看對方的臉。「您跟我阿姨很熟嗎？」

「是啊，我跟您的阿姨很熟。老實說，是她事先拜託我的。要我注意關照您的身邊不要發生不好的事。不過似乎沒有達成她的期望。」

這個男人到底是什麼人？不過KAMITA既然沒有主動表明身分，木野也無從知道。

「如果時候到了可以回來的話，我會通知您。木野先生，到那時候為止請不要靠近這裡。明白嗎？」

木野當天晚上就整理好旅行的行李。最好在下次開始下長雨之前離開這裡。這告知未免太唐突了。既沒有說明，也不太清楚前因後果。但木野就那樣相信KAMITA所說的。雖然相當離譜，但不知怎麼並沒有引起他的懷疑。KAMITA口中說出的話具有超越理論的不可思議的說服力。他把換洗衣物和盥洗用具放進一個中型背包。以前在體育用品公司上班時，自己也把行李塞進同一個背包裡去出差旅行過。他很清楚長途旅行需要什麼，不需要什麼。

天亮後，他在店門上用圖釘釘上「暫時休業，敬請包涵」的紙條。KAMITA說遠方。但他腦子裡無法浮現具體上該朝什麼方向去才好。連朝北？朝南？都不知道。所以就暫且決定依照以前在當跑鞋業務時經常巡迴的路線走。搭高速巴士到高松。打算先繞四國一圈，然後到九州去。

在高松車站附近的商務旅館住下，在那裡過了三天。漫無目的地在街上到處走，看了幾場電影。白天的電影院每家都空蕩蕩的，每部電影都很無聊。

天黑後回到房間打開電視機。依照阿姨的建議盡量選教育性節目看。但沒有得到任何有用的資訊。到高松的第二天是星期四，因此在便利商店買了風景明信片，貼上郵票寄到阿姨的地址。照KAMITA說的那樣，只寫了阿姨的姓名和地址。

第三天晚上忽然想到，買了女人。計程車司機告訴他電話號碼。對方是二十歲左右的年輕女孩，滑溜溜的漂亮身體。但和那女孩的做愛，自始至終都沒味道。那只不過是性慾的發洩而已，這麼說來幾乎連發洩都算不上。反而更飢渴而已。

「請好好想一想那件事，」KAMITA說：「那是需要深入思考的重要問題。」但無論如何深入思考，木野都無法理解，在這裡到底是什麼成問題呢？

那一夜下了雨。雨腳雖然不算太大，卻是秋天看不見雨停跡象的特有長雨。就像多次反覆的單調告白那樣，既沒有間歇停頓，也沒有輕重緩急。甚至連是什麼時候開始下的，到現在都想不起來了。那雨所帶來的是濕濕冷冷的無力感。連撐把傘走出外面，找個地方吃晚餐的心情都提不起來。不如乾脆什麼都不吃算了。枕頭邊的玻璃窗上覆蓋著細細的水滴，水滴一一又被新的水滴繼續替代更新。木野以漫無邊際的思緒觀察著那玻璃窗模樣的細微變化。那模樣的對面，陰暗的街容漫無目標地延伸出去。從口袋瓶往玻璃杯注入威士忌，兌以等量礦泉水喝。沒有冰塊。也懶得走到走廊的製冰機去。那酒的微溫，適度融入他身體的倦怠中。

木野住在九州熊本車站附近的便宜商務旅館。低低的天花板、狹窄的床、小小的電視、小小的浴缸、小氣的冰箱。房間裡的一切東西都小了一號。住在那裡，甚至感覺自己好像變成一個怪彆扭的巨人似的。但他對那狹小並不以爲苦，整天都窩在房間裡。也因爲下雨的關係，除了到附近的便利商店之外，一次也沒走出房間。他在便利商店買了口袋瓶威士忌、礦泉水，和餅乾。躺在床上讀書，書讀膩了就看電視，電視看膩了再讀書。

那是住在熊本的第三夜。銀行的存款餘額還十分充裕，只要想住的話也可以住得起更像樣的飯店。但他覺得，以現在的自己來說這樣可能是最適當的逗留場所。只要在狹窄的地方安靜不動，既不必去想多餘的事情，一伸出手大多的東西都搆得到。那對木野來說出乎意料之外的慶幸。這樣如果還能聽得到音樂的話就更沒話說了，他想。有時特別想聽Teddy Wilson、Vic Dickenson、Buck Clayton這些老派的爵士樂。扎實的技巧、簡單的和弦、演奏這件事本身樸素的喜悅，徹底的樂天主義。現在的木野所追求的就是這種現在已經不存在的音樂。但他所收藏的唱片卻在遙遠的地方。熄燈後，他腦子裡浮現靜悄悄的「木野」打烊後的店內。巷子深處，巨大的柳樹。走過來的客人看到休業的告示，放棄地回頭走掉。貓不知道怎麼樣了？就算回來了，知道出入口已經被封住了，一定很失望。還有那些充滿祕密的蛇，是否依然靜靜地包圍著那棟房子？

八樓窗戶正對面，看得見辦公大樓的窗戶。一棟低成本建造的細長建築物。透過窗玻璃，可以眺望正對面的樓層，從早晨到黃昏之間人們正在工作的身影。有些地方百葉窗拉上，因此只能看到斷斷續續的樣子，不知道是在做哪方面的工作。打領帶的男人進進出出，女人敲著電腦鍵盤、接接電話、整理著文件。看著並不覺得會引起興趣的光景。工作的人無論長相和服裝、都一樣平凡。木野會花很長時間不厭其煩地眺望的唯一理由，是因爲沒有其他特別的事可做。而且在那裡木野感到更意外，或更驚訝的是，人們時常露出非常快樂的表情。其中還有張口大笑的。爲什麼呢？在那樣不起眼的辦公室裡工作一天，被沒什麼趣味的工作（從木野眼裡看來）所追趕，爲什麼還能有那麼愉快的心情？難道裡頭隱藏著自己所無法理解的重大祕密般的東西嗎？一想到這裡，木野不知怎麼有點不安起來。

差不多該往下一個地方移動了。盡可能頻繁地繼續移動——KAMITA這樣說過。但木野不知怎麼卻無法從熊本的那間狹窄的商務旅館動身離開。甚至想不出往後想去的地方、想看的風景。世界是個沒有標誌的浩瀚大海，而木野則是一艘失去海圖和錨的小船。今後要往哪裡去才好，翻開九州的地圖找找看，卻被暈船般的輕微噁心所襲。木野躺在床上讀書，偶爾抬起頭，觀察對面辦公大樓裡那些工作的人的身影。隨著時間的經過，自己的身體逐漸失去重量，感覺皮膚好像漸漸變透明了。

那前一天是星期一，因此木野在旅館的小店買了熊本城的風景明信片，用原子筆寫上阿姨的姓名和伊豆的地址。並貼上郵票。然後手拿著明信片，無心地長久望著城堡的相片。那種明信片會用的典型風景照片。以藍天白雲爲背景堂堂聳立的天守閣。附說明：「別名銀杏城。日本三大名城之一。」怎麼看都找不到，那城和木野之間有稱得上接點的東西。然後他衝動地把明信片翻過來，在空白的部分給阿姨寫了一段文章。

「您好嗎？最近腰的情況如何？我還像這樣一個人繼續到處旅行。有時覺得自己好像有一半變成透明了似的。就像剛抓到的烏賊那樣，連內臟都能看透。不過除了這個之外大致還好。不久之後我想到伊豆去。木野」

爲什麼要寫出這種事，木野當時無法適度掌握自己心的動向。那是KAMITA嚴格禁止的事。除了收信人的姓名地址之外，明信片不可以寫任何事情。請不要忘記這件事。KAMITA這樣說。但木野已經無法控制自己了。必須在什麼地方和現實聯繫才行。要不然我可能會變成不是我。我會變成不在任何地方的男人。木野的手幾乎是自動地，用又細又硬的字把明信片狹小的空白塡滿。並趁著想法改變之前，急忙把明信片投進旅館附近的郵筒。

醒來時，枕邊的數字鐘正顯示2點15分。有人在敲著房門。雖然不是用力敲，但那聲音就像一個腕力很好的木工在釘釘子那樣簡潔、堅硬、凝聚。而且那正在敲的誰，知道那聲音確實傳到木野耳裡。那聲音把木野從深更半夜的睡眠中，從慈悲的短暫休息中拖出來，殘酷地清清楚楚傳遍他意識的每個角落。

是誰在敲門，木野知道。那敲門要求他，起床從內側打開門。強烈、而執拗地。那個誰無力從外面打開門。門必須從內側靠木野自己親手才能打開。

木野覺悟到那來訪，是自己最渴望，同時也是最害怕的事。對，所謂二義性這件事，終究是在兩極的中間抱著空洞。「你受傷了吧，多少有一點？」妻子問他。「畢竟我也是人，所以受傷還是會受傷。」木野回答。不過那不是眞的。至少有一半是說謊。我在該受傷的時候沒有充分受傷，木野承認。應該感覺到眞正的痛的時候，我把最重要的感覺壓制抹煞了。因爲不想接受深切的東西，迴避正面面對眞實，結果變成這樣一個沒有內容繼續抱著空虛的心的人。

那些蛇正想得到那個場所，把牠們冷冷地跳動的心臟藏在那裡。

「這裡不只有對我是這樣，一定對任何人來說都是個住得很舒服的地方。」

KAMITA說。他想說的，木野現在終於也能理解了。

木野蒙起棉被閉上眼睛，用雙手把耳朵緊緊塞住，逃進自己狹小的世界裡躲起來。而且對自己說，什麼都別看，什麼都別聽。卻無法消除那聲音。就算逃到世界盡頭，兩耳用黏土塞住，只要還活著，只要還留有一點意識，那敲門聲都會窮追著他不放。那所敲的不是商務旅館的房門。敲的是他的心扉。世人無法逃過那聲音。而且到黎明之前——如果還有所謂黎明這東西存在的話——還有很長的時間要度過。

到底經過多少時間，一留神時，敲門聲已經停止。周遭像月球背面般靜。雖然如此，木野依然蒙著棉被動也不動。不能疏忽。他屏著氣息，側耳傾聽，注意聽取沉默中不祥的任何暗示。在門外的東西不可能那麼輕易放棄。對方不需要著急。月亮也沒出來。天空黑黑地浮著枯死的星座而已。世界暫時還是他們的。他們有幾種不同的手段。需求可以採取各種形式。黑暗的根可以將尖端伸入地下任何角落。那會耐心地花時間，找出最弱的部分，連堅硬的岩石都能粉碎穿透。

終於正如預料的那樣，敲門聲再度響起。但這次聽起來方向不同。聲音的響法也不同。比之前更近，聽起來名副其實就在耳邊。那個誰現在，好像就在枕頭邊緊貼著的窗外。可能就緊緊貼在聳立地上八樓的牆上，臉壓在窗戶上，叩叩地繼續敲著被雨淋濕的玻璃。除此之外無法想像。

雖然如此，只有敲法沒有改變。兩次。繼續兩次。稍隔一下再兩次。無止境地重複。聲音微妙地變大，又變小。就像擁有感情的特殊心臟的鼓動那樣。

窗簾一直保持敞開的。他在就寢前，沒什麼用意地眺望著附著在玻璃窗上的水滴紋路。現在如果從棉被伸出頭來，黑暗的玻璃窗外看得見什麼，木野幾乎可以想像得到。不，不對，想像不到。必須消除所謂想像這種頭腦的活動本身才行。無論如何，我都不可以看到那個。無論是多麼空虛的東西，這現在還是我的心。就算是些許也好，裡面還留有人們的溫暖。幾許個人的記憶，像纏繞在海濱木樁上的海草般，正無言地等待著漲潮來臨。幾許思念，如果被切斷的話想必會流出鮮紅的血。現在，還不能讓那心在某個莫名其妙的地方漂泊。字是神明的田地的神田，讀成KAMITA。不是KANDA。住在這附近。

「我會記得。」壯漢說。

「這想法很好。記憶總會成爲某種力量。」

KAMITA說不定以某種形式，和前庭的老柳樹有所聯結，木野忽然這樣想。那棵柳樹保護著自己，還有那棟小屋。雖然不太明白爲什麼，不過這種想法一旦在腦海裡浮現之後，就覺得很多環節都可以一一連上了。

濃密的綠色枝條垂到接近地面的柳樹姿態，浮現在木野的腦海。夏天那涼爽的濃蔭落在小小的前庭。雨天無數銀色水滴在柔軟的枝頭閃爍著光輝。無風的日子深沉安靜地思索，起風的日子不定的心便漫無止境地搖擺不息。一群小鳥飛來，一邊發出尖銳的高音交談著，一邊巧妙停在輕輕搖曳的細枝上，終於又飛走。小鳥飛走後的枝條，還暫時快樂地左右搖擺。

木野在棉被裡，身體像蟲子般縮成一團，眼睛閉得緊緊的，只想著柳樹。那顏色那形狀和那動態，一一具體浮現在腦海。然後一心期望黎明的來臨。只能像這樣耐心等待周遭逐漸亮起來，烏鴉和小鳥醒過來開始一天的活動。只能相信全世界的鳥。擁有翅膀，擁有尖喙的所有的鳥。到那時候爲止，心分秒都不能放空。因爲空白所產生的眞空，會把那些拉近來。

只有柳樹還不夠時，木野想到瘦瘦的灰色母貓，想起那隻貓喜歡吃烤海苔的事。想起在吧檯座位熱心讀書的KAMITA的模樣，想起在田徑跑道反覆嚴格練習的那些年輕中距離跑者的姿態。想起班・韋伯斯特（Ben Webster）所吹的〈My Romance〉，優美的獨奏（中途有兩次刮傷音。噗茲、噗茲）。記憶總會成爲某種力量。然後想起頭髮剪短，穿上藍色新洋裝的前妻的身影。無論如何，木野希望她在新的地方過著幸福而健康的生活。但願身體不要受傷。她已經當面道過歉了，我已經接受了。我不僅要學會淡忘，還必須學會寬恕才行。

但時間的移動似乎規定得不太公正。欲望帶有血腥味的重量，悔恨的鏽錨，試圖阻礙時間本來應有的流暢。在這裡，時間並不是一直線飛出的箭。雨繼續下著，時鐘的針不時猶豫不前，鳥兒們還在深深沉睡，沒有臉的郵局職員正默默區分著風景明信片，妻子形狀美好的乳房正激烈地在空中晃動，有誰執拗地在玻璃窗上繼續敲著。像要引誘他進入幽暗的深沉迷宮，永無止境的規律的，叩叩、叩叩，然後再叩叩。眼睛別轉開，筆直看著我，有人在耳根這樣喃喃說道。因爲這是你的心的模樣。

初夏的風吹拂下，柳條溫柔地搖曳著。木野內心深處一個黑暗的小房間裡，有誰朝他的手伸出溫暖的手，正要重疊起來。木野的眼睛依然深深閉著，想起那肌膚的溫暖，想起那柔軟的厚度。那是他已經長久遺忘的東西。相當長久之間他被隔離的東西。對，我受傷了，而且非常深。木野對自己這樣說。然後流淚。在那黑暗的安靜房間裡。

在那之間，雨仍不間斷地，冷冷地濡濕著世界。

戀愛的薩姆沙

醒來時，他發現自己在床上變成格里高爾・薩姆沙（Gregor Samsa）了。

他保持仰臥的姿勢，注視著房間的天花板。眼睛花了一點時間才習慣室內的昏暗。看來這是個到處都有的，極平凡的天花板。本來可能漆成白色或淡奶油色。但因爲歲月所帶來的灰塵和汙垢，現在看來則變成令人想到快腐敗的牛奶色調。既沒有裝飾，沒有明顯特徵，沒有主張，也沒有訊息。做爲天花板似乎總算沒什麼差錯地達成任務，但看不到超越這個之外的意欲。

房間一邊的牆上（以他的位置來說是左邊）有一扇高窗，那扇窗從內側封起來了。本來應該有的窗簾已經被拆除，幾片厚木板橫向釘在窗框上。木板和木板之間——雖然不清楚是否刻意的——則留有幾公分的空隙，早晨的陽光可以從那裡射進房間，在地板上畫出炫眼的幾道平行線。爲什麼要把窗戶這樣堅固地封起來，原因並不清楚。是不讓誰進入這個房間？或不讓誰從這個房間出去嗎（那個誰會不會就是他）？或者大風暴或龍捲風即將來襲？

他維持著仰臥的姿勢，只有眼睛和脖子輕輕移動，檢視著房間內部。

房間裡，除了他躺著的床之外，沒有任何可以稱爲家具的東西。沒有櫃子，也沒有桌子、椅子。牆上沒有掛畫、時鐘和鏡子。也沒看到照明燈具。而且視線所及，地上似乎沒有鋪地毯或墊子。木地板完全露出來。牆上貼著褪色的舊壁紙，上面有細微的圖紋，但在微弱的光線下——或許在明亮的光線下也一樣——幾乎不可能分辨是什麼圖紋。

和窗戶相對的一側，也就是他右手邊的牆上有一扇門。門上附有一個部分已經變色的黃銅把手。這個房間可能原來當成一般居家的寢室。可以感覺到這種氣氛。但現在，居住者的氣息卻完全乾乾淨淨地被剝奪了。只有他現在所躺著的床，孤零零地被留在房間正中央而已。但床上並沒有鋪上整套寢具。沒有床罩、沒有棉被、也沒有枕頭。只放著一個沒鋪床單的舊床墊而已。

這裡是哪裡？現在開始要做什麼才好？薩姆沙不知道。勉強可以理解的，只有自己現在變成一個名字叫做格里高爾．薩姆沙的人了。他怎麼會知道那個呢？可能是睡著的時候有人在耳邊悄悄告訴他：「你的名字叫做格里高爾．薩姆沙。」

那麼，在變成格里高爾．薩姆沙之前，自己究竟是誰？究竟是什麼呢？

不過一開始想那個時，意識就會沉重起來。而且頭腦深處會出現像成群小飛蚊圍成的黑柱子般。那東西逐漸變粗變濃，一邊發出輕微的嗡嗡聲，一邊往頭腦柔軟的部分移動。因此薩姆沙不再去想。要深入思考什麼事情，對現在的他一定負擔太重了。

無論如何，他必須習慣身體的移動方式。總不能一直躺在這裡無作爲地望著天花板。這樣未免太無防備了。如果以這樣的狀態遭遇敵人攻擊——假定如果受到獰猛的鳥群攻擊的話——就絕對不可能倖存。一開始他試著動動手指。左右兩手各五根，一共十根長長的手指。上面有許多關節，動作的連動非常複雜。何況整個身體開始麻痺起來（身體好像泡在比重大，有黏性的液體中似的），力量無法有效傳達到末端。

雖然如此，還是閉上眼睛集中意識，耐著性子重複幾次嘗試錯誤之間，雙手手指逐漸開始可以動起來。關節的動法雖緩慢卻也學會要領了。指尖動起來之後，覆蓋全身的麻痺也隨之逐漸變淡而消失了。但隨後緊跟著來的——簡直就像退潮後露出黑暗而不祥的岩石般——激烈的痛苦開始漸漸折磨他的身體。

花了一段時間才知道那是空腹感。那是過去從來沒經驗過的，不如說，至少記憶中沒經驗過的，壓倒性的飢餓感。已經一星期沒吃任何東西——那種感覺。身體的中心彷彿產生一個眞空的洞般。全身骨頭都在咯咯作響，肌肉被絞得緊緊的，內臟到處痙攣。

薩姆沙受不了那痛苦，雙手手肘支撐著床墊試著稍微一點一點地抬起上半身。背骨發出幾次喀啦令人毛骨悚然的聲音。到底在這床上躺了多久？全身的每個部位，對起床這件事、對改變現在的姿勢這件事，都正發出高聲抗議的意思。雖然如此，總算忍住痛苦，擠出渾身的力氣，把身體撐起來，改成坐在床上的姿勢。

多麼不像樣的難看身體啊，大概瞥一眼自己赤裸的肉體，看不見的部分用手摸摸看，薩姆沙不得不這樣想。不但不像樣，而且太無防備了。滑溜溜的白皙肌膚（勉強被體毛覆蓋的程度），完全沒被保護的柔軟腹部，形狀奇怪得不太可能的生殖器，只有各兩隻的瘦弱手臂和腳，化爲青筋浮現的脆弱血管，好像會輕易折斷的不安定而細長的脖子，大而歪斜的頭部，頂上覆蓋著堅硬糾結的長髮，貝殼般往左右唐突凸出的耳朵。**這樣的東西眞的是我自己嗎**？這樣不合理，而且好像會輕易受傷的身體（既沒有防禦的外殼，也沒具備攻擊的武器），能順利在這個世界生存下去嗎？爲什麼沒有變成魚？爲什麼沒有變成向日葵？如果變成魚或向日葵還比較合理。至少比變成格里高爾．薩姆沙要合理得多。他不得不這樣想。

雖然如此，雙腳還是勉強從床上下來，腳底著地。露出的木地板比預料的冷得多，他不禁倒吸一口氣。然後經過幾次嚴重的失敗，身體到處碰撞之後，終於成功地用雙腳站在那裡。一手抓著床頭，暫時保持那樣的姿勢。但一直不動時，頭開始感覺異樣的沉重，脖子無法保持直立。腋下流出汗來，因爲極度緊張，生殖器縮了起來。不得不深呼吸幾次，以安撫緊張僵硬的肉體。

身體某種程度習慣了站在地上後，接著必須學習步行。但要以兩腳走路，幾乎是接近拷問的苦役，那動作帶給他肉體上激烈的痛苦。交互伸出雙腳往前進，從任何觀點來看都是違反自然法則的不合理行爲，而把視點放在高而不安定的位置讓他的身體畏縮不前。剛開始要理解髖骨和膝關節的連動性，並取得平衡非常困難。每次前進一步，因爲怕跌倒，膝蓋都不停顫抖，雙手不得不緊緊扶著牆壁。

話雖如此，總不能永遠留在這個房間。如果不到什麼地方找到正常的食物，放進嘴裡，這痛苦的飢餓感早晚會把他的身體吃光，毀滅。

一面扶著牆壁一面搖搖擺擺地前進，花了很長時間才到達門邊。不知道時間的單位，和測量方式。不過總之是很長的時間。壓下來的痛苦總量以實際感覺告訴他那時間有多長。雖然如此，在移動之間，他一一學會了關節和肌肉的用法。雖然速度很慢，動作也很笨拙，還需要支撐，但如果以身體不方便的人來說，或許還算可以。

手碰觸門把，試著把那往前拉。門絲毫不動。用推的也不行。其次試著向右轉再拉看看。門發出輕微的聲音往內側開了。沒有上鎖。他從門縫試著往外稍微探出臉。走廊沒有人影。周遭像深海底下般靜悄悄的。他先伸出左腳踏出走廊，一隻手抓著門的邊緣半身探出屋外，然後右腳踏出走廊。於是手一邊緊緊貼著牆壁一邊赤腳慢慢在走廊前進。

走廊上，包括他出來的房間門在內，總共有四扇門。樣子相同，暗色調的木門。那些門內不知怎麼樣？有人在裡面嗎？很想打開門看看裡面。那麼或許也稍微可以解開，他所處的這不可解的狀況。或許可以找到事情的頭緒。但他在那些房間前面，消除腳步聲就那樣通過。與其滿足好奇心，不如必須先塡飽肚子再說。盤踞在體內這嚴厲的空洞，必須早一刻以有實體的東西塡滿才行。

而且爲了得到那有實體的東西該往哪邊走才好，現在薩姆沙知道去向了。去找這香氣的來源，他一邊翕動著鼻孔一邊想。這是熱食物的香氣。烹調過的食物氣味，化爲微細的粒子在空中無聲地飄散。那粒子瘋狂地刺激著鼻黏膜。嗅覺資訊瞬間傳到大腦，結果，活生生的預感和激烈的渴望，像熟練的異端審問官般把消化器寸寸絞緊。口中充滿唾液。

但要跋涉到那香氣的源頭，首先必須走下樓梯。連在平地，對他來說都寸步難行了。要走下十七段陡峭的樓梯簡直就是惡夢一場。雙手一邊抓緊扶手，他一邊朝樓下走。每下一段樓梯體重就加在細細的腳踝上，身體無法適當保持平衡，幾次差一點跌到樓下。每次採取不自然的姿勢時，全身的骨頭和肌肉都在哀叫。

在下樓梯之間，薩姆沙大體上都在想著魚和向日葵。如果是魚或向日葵的話，應該不必上下這種樓梯，就可以平穩地度過一生。然而自己爲什麼非要做這麼不自然而極危險的事不可？這是沒道理的。

好不容易走下十七階樓梯之後，薩姆沙再度站好姿勢，擠出剩餘的力氣，朝食物香氣飄來的方向走。穿過天花板高高的門廳，從敞開的門踏進餐廳。餐廳裡橢圓形大餐桌上排著盛裝了餐點的盤子。餐桌放著五張椅子，但看不見人影。盤子上還微微冒著白煙熱氣。餐桌正中央擺著玻璃花瓶，插著一打左右的白色百合切花。桌上準備了四人份的刀叉餐具和白色餐巾，但還沒有用過的形跡。早餐準備好，他們正準備要開始用餐時，突然發生了什麼出乎預料的事情，大家都站起來就那樣消失了——留下這樣的氣氛。那件事才剛發生不久。

到底發生了什麼？大家都到哪裡去了？或者被帶到什麼地方去了？他們還會回來這裡吃早餐嗎？

但薩姆沙沒有餘裕去多想這些。他好像快跌倒般坐進最近的椅子，完全沒用刀子、叉子、湯匙、餐巾，就用手一一抓起排在桌上的食物吃了起來。也沒塗奶油和果醬，撕下麵包就往嘴裡送。汆燙過的粗大香腸整條拿起來啃，白煮蛋連殼都來不及剝就開始咬。抓起醃漬青菜就吃。溫熱的馬鈴薯泥用手指挖起來送進嘴裡。口中各種東西混在一起咀嚼，用水瓶的水，把嘴裡的東西送進喉嚨深處。還沒有心情去注意味道如何。也無法辨別是美味或難吃，是酸是辣，總之先決條件是先填滿體內的空白。他忘我地吃著，簡直像和時間競爭般。甚至在舔食沾在手上的東西時，還狠狠誤咬到手指的地步。食物的殘渣掉得滿桌，一個大盤子滑落地上摔得粉碎，也管不了那麼多了。

餐桌的模樣慘不忍睹。簡直就像一大群烏鴉從敞開的窗戶飛進來，爭相啄食那裡所有的東西，搞得一團亂之後，就那樣飛走一樣。他能吃就吃，終於喘一口氣時，餐桌上的食物幾乎什麼都沒剩了。手沒碰到的只有花瓶的百合花而已。如果食物沒準備得這麼豐富的話，恐怕連百合花都會被他吃掉。薩姆沙就是餓到這個地步。

然後很長一段時間，薩姆沙一直坐在餐桌的椅子上，陷入恍惚狀態。雙手放在餐桌上，邊用肩膀呼吸，邊半閉著眼睛，望著放在餐桌正中央的白色百合花。就像岸邊海水漲滿了般，滿足感慢慢來臨。體內的空洞漸漸被填平。真空領域有逐漸變小的感覺。

然後，他拿起金屬製的壺，在白色陶杯裡注入咖啡。咖啡撲鼻的強烈香氣讓他想起什麼。不是直接的記憶。而是間接的，穿過幾個階段來到的記憶。就像現在正這樣經驗著的事情，以記憶的方式從未來窺探著般，那裡有如此奇妙的時間的二重性。就像經驗和記憶在封閉的圈子裡循環著、來回著那樣。他在咖啡裡放了大量奶精，用手指攪拌後喝。咖啡雖然逐漸變冷，但依然還有微微的餘溫。他把那含在口中，停一下之後才很小心地，一點一點流進喉嚨深處。咖啡讓他的亢奮稍微鎮定下來。

然後他唐突地感覺到冷。身體大大地顫抖起來。剛才空腹感太強烈了，因此可能沒有餘裕注意到身體其他的感覺。但空腹終於被填滿後，忽然一留神時，原來早晨的空氣冷冰冰的。暖爐的火已經熄滅變冷了。何況他是全裸又赤腳的。

我必須穿上什麼，薩姆沙認識到這個事實。這樣子有點太冷了。而且以這模樣出現在人前，不能說適當。可能隨時有人會出現在大門口。稍早以前在這裡的那些人——正要吃早餐的那些人——可能不久就會回來。那時候如果自己還是這副模樣，恐怕會引起什麼問題。

他不知爲什麼會知道。那既不是推測，也不是知識，完全是純粹的認識。薩姆沙不知道那樣的認識是從哪裡經由什麼途徑而來的。那可能也是循環的記憶的一部分。

薩姆沙站起來，走出餐廳來到門口的門廳。雖然還相當笨拙，而且需要時間，但現在就算不扶著什麼，也能用兩腳站立和步行了。門廳有鐵製的傘架，插有洋傘和幾根手杖。他選了黑色櫟木手杖，決定用那個做爲步行的輔助工具。手杖握把的牢固觸感，帶給他鎮定和鼓勵。受到鳥襲擊時可能可以當武器來用。然後他站在窗邊，從白色蕾絲窗簾的空隙眺望外面一會兒。

房子前面是道路。不是多寬的道路。幾乎沒有人通過，相當空。偶爾快步通過那裡的人，全都各自穿著沒得挑剔的衣服。各種色調、各種模樣的衣服。幾乎都是男的，也有一、兩個女的。因爲男女的不同，所穿的衣服也不同。而且腳上穿著堅硬的皮所做的皮鞋。也有人穿著擦得亮亮的長靴。靴底在卵石鋪成的路面叩叩地發出快速而堅硬的聲音。大家全都戴著帽子。大家都理所當然似地全都用兩腳站著走路，沒有人把生殖器晾在外面。薩姆沙站在玄關擺設的等身大鏡子前，試著比較走過路上的他們和自己的模樣。鏡中的他一副孱弱的窮酸相，腹部有滴落的肉汁和醬料，陰毛上沾黏著棉花般的麵包屑。他用手把那些髒東西拂掉。

有必要穿上衣服，他重新這樣想。

然後再度轉眼看街上，尋找鳥的蹤影。但一隻鳥也沒看到。

一樓有門廳、餐廳、廚房和客廳。但到處都看不到衣服之類的東西。一樓可能不是人們換衣服的場所。衣服可能整批放在二樓的什麼地方。

他下定決心再走上樓梯一次。很意外地，上樓梯比下樓梯時要輕鬆得多。

抓住扶手，也不太覺得害怕或痛苦，雖然中途幾個地方一邊喘著氣，但十七段階梯卻能在比較短的時間內爬上去。

該說很幸運吧，每扇門都沒有上鎖。門把向右轉再一推，門就向內側開了。二樓總共有四個房間，但除了他在那裡醒來的那個光溜溜冷冰冰的房間之外，每個房間都整理得舒舒服服的。床上鋪著乾淨的寢具，擺設有衣櫃、有寫字桌、有燈光設備，鋪有花紋複雜的地毯。整理得好好的，也打掃得乾乾淨淨。書架上整齊地排列著書。牆上掛著裝框的風景油畫。都是有白色斷崖的海岸畫。形狀像糕餅般的白雲浮在深藍的天空。玻璃花瓶裡插著顏色鮮豔的花。窗子也沒被不雅的木板封起來。充滿恩惠的陽光從拉開的蕾絲窗簾的窗戶靜靜照射進來。每張床上都有稍早之前有人睡過的形跡。白色大枕頭上，還留有頭的凹痕。

在最寬敞的房間的衣櫥裡，他找到符合自己身材尺寸的長袍。這件可能勉強可以穿。其他衣服不知道該怎麼穿才好，太複雜了搞不清楚要如何組合著穿。釦子太多，分不出是前是後，是上是下。也分不清是內衣還是外衣。關於衣服有太多不得不學的事情。比較之下，長袍既單純，又實用，裝飾性要素也少，他好像也能穿的樣子。又輕又柔的布料做的，肌膚觸感舒服。顏色是深藍色。也找到可能和那成套的同色拖鞋。

他把那長袍套在赤裸的身上，試了幾次不對之後，成功地把帶子繫在身體前面。並穿著那長袍，穿著拖鞋，站在鏡子前面。至少比赤裸裸地到處走要好多了。如果能更詳細地觀察周圍的人是怎麼穿的，應該會漸漸明白普通衣服的正確穿法。在那之前只能靠這件長袍了。雖然實在沒辦法說十分溫暖，不過在屋子裡某個程度倒可以禦寒。而且更重要的是，自己光著的柔軟肌膚不再對鳥無防備地露出了，這讓薩姆沙的心鎮定下來。

鈴響時，他在最大房間的床上（那也是家中最大的床），蓋著棉被似睡非睡地打著盹。在羽毛被裡很溫暖，就像在蛋殼裡般舒服。他正在做夢。想不起是什麼樣的夢。但是個感覺不錯的，某種明朗的夢。就在那時候，門鈴聲響遍整棟房子，把那夢一腳踢開，把薩姆沙拉回冷冰冰的現實。

他從床上起來重新繫好長袍的帶子，穿上深藍色拖鞋，拿起黑色手杖。抓著扶手慢慢走下樓梯。下樓梯也比第一次時輕鬆多了。但那裡有跌倒的危險則沒有改變。不能疏忽。他一邊慎重地一階一階確定腳步站穩了，一邊往樓下走。在那之間門鈴依然一直以巨大而刺耳的聲音鳴響。按門鈴的人似乎是個沒耐心，同時性格又固執的人。

終於走下樓梯時，他的左手緊握著手杖，打開大門。門把向右轉，往內側一拉，門就開了。

門外站著一個小女人。非常小的女人。手居然能搆得著門鈴的按鈕。但仔細一看時，女人絕對不小。背是折彎的，姿勢深深往前曲。所以看起來才很小。但體格本身並不小。女人用鬆緊帶把頭髮往後綁成一把，讓頭髮不會垂到臉上。頭髮是深栗色的，髮量相當豐富。穿著長到可以藏住腳踝的長裙，穿舊的粗呢上衣。脖子上一圈又一圈地圍著條紋棉質圍巾。沒戴帽子。鞋子則是堅固的穿帶高筒靴。年齡大約二十出頭。還留有少女的神態。眼睛大大的，鼻子小小的，嘴唇像瘦瘦的月亮稍微往一邊傾斜。眉毛黑黑直直的，看來有些疑心很重的樣子。

「請問這是薩姆沙先生家嗎？」女人歪著脖子，從下面往上看薩姆沙的臉說。而且身體起起伏伏地大大扭動著。就像被激烈的地震所襲擊的大地在掙扎著那樣。

薩姆沙稍微猶豫一下，然後乾脆回答「是的」。自己既然是格里高爾・薩姆沙，那麼這棟房子大概就是薩姆沙的家了。應該不妨這樣說吧。

但女人對那答法似乎不太中意的樣子。她稍微皺一下眉。可能聽出薩姆沙的回答有點猶豫吧。

「真的是薩姆沙先生家嗎？這裡。」女孩子語氣尖銳地說。就像有經驗的門房詰問穿著寒酸的陌生人那樣。

「我是格里高爾・薩姆沙。」薩姆沙盡量鎮靜地這樣回答。那是不會錯的事實。

「那就好。」女人說。然後拿起腳下放著看來很沉重的黑色大布包。好像用了很多年似的，有些地方磨破了。可能是從誰那裡接收來的。「那麼我就打攪了。」

女人也不等人回答就擅自快速走進屋裡。薩姆沙把門關上。女人站在那裡，以懷疑的眼光從上到下打量著身穿長袍和拖鞋的薩姆沙的模樣。然後以冷冷的聲音說：

「我好像打擾您休息了啊。」

「不，沒關係。」薩姆沙說。然後從對方陰暗的眼神感覺到自己身上穿的衣服似乎不太適合這種狀況。

「我穿這樣很抱歉，不過因爲發生了很多事情。」他說。

對於那個，女人什麼也沒說，嘴唇緊緊閉著。「那麼？」

「那麼？」薩姆沙說。

「那麼，出問題的鎖在哪裡？」

「鎖？」

「壞掉的鎖啊。」女孩從一開始就放棄隱藏聲音中的焦躁。「因爲鎖壞了所以希望派人來修理的事。」

「啊，」薩姆沙說：「壞掉的鎖。」

薩姆沙拚命啓動思考。但意識集中在一點時，頭腦深處又有形成黑蚊柱的觸感。

「關於鎖的事，我並沒有聽說什麼。」他說。「我想大概是二樓哪一間的房門吧。」

女人深深皺眉，彎著脖子仰望薩姆沙。「大概？」那聲音更加冷冰冰的。一邊眉毛猛地往上揚。「哪一間？」

薩姆沙知道自己的臉紅起來了。爲自己對弄壞的鎖完全一無所知的事感到非常羞恥。他乾咳一聲，但說不出話來。

「薩姆沙先生。您的父母親現在不在家嗎？我想我還是跟您的父母親直接談比較好。」

「現在好像有事出去了。」薩姆沙說。

「出去了嗎？」女孩好像很驚訝地說。「在這個節骨眼上到底有什麼事呢？」

「我不清楚，不過我早上起來，家裡就一個人也沒有了。」薩姆沙說。

「眞要命。」女孩說。然後長長地嘆一口氣。「我預先確實約好了，說早晨這個時間會來修理的啊。」

「很抱歉。」

女人歪了一下嘴唇。然後慢慢放下抬起的一邊眉毛，望著薩姆沙左手拿著的黑色手杖。「您腳不好嗎？格里高爾先生。」

「是啊，有一點。」薩姆沙曖昧地說。

女人保持彎腰的姿勢，又再把身體動來動去地大大扭動。薩姆沙不知道那動作意味著什麼，或有什麼目的。不過他對那複雜的身體動法，本能上卻不禁開始懷有好感。

女孩子放棄了似地說：「沒辦法啊。那麼，總之就到二樓去看看那門鎖吧。在這樣不得了的狀況中，要穿過街道走過橋，特地來到這裡。幾乎是冒著生命危險。總不能什麼也不做就說：『哦，不在家嗎？好，再見。』就回去了。不是嗎？」

在這樣不得了的狀況中？薩姆沙搞不太清楚狀況。到底什麼事情不得了？不過關於那個，他決定什麼都不問。最好不要再多暴露自己的無知比較好。

女孩子身體依然折成兩半，右手拿著沉重的黑色布包，像蟲子爬般磨磨蹭蹭地上了二樓。薩姆沙抓著扶手，慢慢跟在她後面。她走路的姿勢，在他心中喚起某種懷念的共鳴。

女孩子站在二樓的走廊，眺望四扇門。「鎖壞了的大概是這裡面的哪一扇呢？」

薩姆沙臉又紅了。「是的。哪一扇？」他說，然後戰戰兢兢地補充道：「嗯，我覺得可能是，左邊最裡面那間吧。」那就是薩姆沙今天早晨醒來，沒有家具的光溜溜房間的門。

「您覺得，」女孩子以令人想起熄滅的薪火般無表情的聲音說：「可能是。」然後回過頭來仰望薩姆沙的臉。

「有一點。」薩姆沙說。

「格里高爾．薩姆沙先生，跟您談話非常愉快。語彙豐富、表現確切，」她以乾乾的聲音說，然後又再嘆一口氣，改變聲音的調子，「不過沒關係。總之，就先來檢查一下左邊最裡面那間的房門吧。」

女孩走到那扇門前，旋轉門把。然後把門往裡一推。門就往內側開了。房間裡的模樣和他從那裡出來時完全沒有兩樣。家具只有床而已。在房間正中央，像孤立在海流中的島般孤零零地被擺在那裡。床上只放著一個稱不上乾淨的裸床墊而已。他就是在那床墊上，以格里高爾．薩姆沙的身分醒過來的。那不是夢。地板冷冷地沒鋪東西。窗戶牢牢地釘著木板。但女孩子看到那樣子，並沒有顯示出特別驚訝的表情。她的反應好像這種事情在這地方是常有的事。

她彎身打開黑色布包，從裡面拿出一塊奶油色絨布，在地板上攤開。然後選了幾種工具，照順序排在那塊布上。好像熟練的拷問官，在可憐的犧牲者面前，刻意仔細地準備了不祥的道具那樣。

她首先拿起中等粗細的鐵絲，把那插進鑰匙孔，手法熟練地往各個方向動一動。在那之間，她的眼睛瞇得細細的，非常專心。耳朵也仔細聽。然後這次換成拿起更細的鐵絲，反覆相同的動作。然後嘴唇很無趣似地一撇，歪得像中國刀般冰冷。拿出大手電筒，以格外嚴峻的眼光檢查鎖的細部。

「嘿，您有這鎖的鑰匙嗎？」女孩問薩姆沙。

「我不知道鑰匙在哪裡。」他老實回答。

「啊，格里高爾‧薩姆沙先生，我有時候眞想死。」女孩朝天花板說。

但她不再關心薩姆沙，從絨布上排列的工具中這次拿起螺絲起子，開始把鎖整個拆下來。非常小心地慢慢拆，避免傷到螺絲。在那之間手停下幾次作業，身體動來動去大大地扭轉擺動。

從背後觀察著那扭轉動作之間，薩姆沙體內開始產生不可思議的反應。身體不知從什麼地方開始一點一點溫暖起來，鼻腔有逐漸張開的感覺。嘴巴深處乾乾的，吞口水時耳根發出咕的巨大聲音。耳垂不知怎麼癢了起來。而且原本只會邋遢地低垂的生殖器硬硬地縮緊，變大變長，逐漸往上翹了起來。因此長袍前面忽然隆起來。不過薩姆沙完全不明白，那到底意味著什麼。

女孩子拿著從門上拆下來的整套鎖走到窗邊，從木材縫隙照進來的陽光中，仔細檢查那鎖。臉色陰沉，彎曲的嘴唇緊緊閉著，用細細的工具挖著裡面，使勁搖搖確認那聲音。然後聳起肩膀大大地喘一口氣，回頭看著薩姆沙。

「內部完全壞了。」女孩子說。「薩姆沙先生，確實正如您所說的。這東西壞了。」

「太好了。」薩姆沙說。

「也沒那麼好。」女孩子說。「這鎖沒辦法現在立刻在這裡修理。這是種類有點特別的產品。我只能帶回家去，讓我父親和哥哥們看。他們或許會修。不過我的技術還不行。因爲我還只是個見習生。只會修非常普通的鎖。」

「原來如此。」薩姆沙說。這女孩子有父親和幾個哥哥。而且他們一家人全都做鎖匠的工作。

「本來應該是由我父親或哥哥中的一個到這裡來的，但是您知道，因爲發生了這次的騷動。所以我被派來代替他們。因爲滿街都是檢查哨啊。」

然後她用全身嘆氣。

「不過怎麼會壞得這麼奇怪呢？我不知道是誰弄的，不過只能想成一定是用什麼特別的道具，把鎖的內部搗碎了。」

然後女孩子身體又動來動去大大地扭轉擺動。她身體一扭動，雙臂就像以特殊方法游泳的人那樣立體地團團轉著。而且那動作不知怎麼會魅惑薩姆沙的心，強烈地動搖他。

「我可以問一個問題嗎？」薩姆沙鼓起勇氣問女孩子。

「問題？」女孩子以深深懷疑的眼神說。「不曉得，不過試試看吧。」

「妳有時候身體會那樣扭動，是為什麼呢？」

女孩子嘴巴輕輕張開看著薩姆沙的臉。「扭動？」然後稍微考慮一下。「您是指這個？」女孩子實際示範了一下那動來動去的大扭動。

「對。」薩姆沙說。

女孩子暫時以一對像飛石般的眼睛注視著薩姆沙的臉。然後很無趣似地說：「因為Bra不合身哪。只是這樣而已。」

「Bra？」薩姆沙說。那語言在他心中和任何記憶都連接不上。

「Bra啊。知道吧？」女孩子無奈地說出。「或者，怎麼呢，駝背的女孩穿胸罩覺得奇怪嗎?或者覺得那樣很厚臉皮?」

「駝背?」薩姆沙說。這個詞也被他意識模糊的空白領域吸進去了。她在說什麼,薩姆沙完全無法理解。但總之必須說點什麼。

「不,我完全沒那樣想。」他小聲地辯解。

「嘿,我也一樣啊,乳房好好的有兩個,有必要用Bra好好壓著。又不是母牛,走路時不想讓那搖搖晃晃的啊。」

「當然。」薩姆沙還不太懂,不過還是搭腔。

「不過因爲是這樣的體型,所以沒辦法適當貼身。我跟普通女孩子的體型有點不同。所以有時候身體必須這樣動來動去地扭轉擺動,調整位置。女人要活下去,比您所想的要辛苦多了。各方面哪。你從後面緊緊盯著人家看,覺得很樂嗎?有趣嗎?」

「不,並不是有趣。只是,忽然覺得很不可思議,爲什麼會這樣做。」

Bra是壓住乳房的裝飾道具,駝背是指她的獨特體型,薩姆沙這樣推測。這個世界該學習的事情實在太多了。

「嘿，您不是在取笑人吧？」女孩子說。

「我沒取笑人。」

女孩子彎著脖子，看薩姆沙的臉。並理解他絕對沒有取笑自己。好像也沒有惡意。可能只是腦筋不靈光，她想。不過教養很好的樣子，容貌也相當英俊。年齡大約三十左右。怎麼看都太瘦了，耳朵太大，臉色也不好，不過很有禮貌。

然後她發現，薩姆沙穿著的長袍下腹部，以陡峭的角度向上隆起。

「那是什麼啊？」女孩子以格外冷淡的聲音說。「到底是什麼，那隆起？」

薩姆沙往長袍前面，隆起的部分看。從對方的口氣聽來，那似乎不是在別人面前出現的適當現象，薩姆沙推測。

「原來如此。你呀，對於跟駝背的女孩子fuck是怎麼回事，感興趣對嗎？」女孩子像不屑般說。

「Fuck？」他說。也不記得有聽過這個單字。

「因爲背往前彎著，所以你想從後面放進去剛剛好對嗎？」女孩子說。

「世間很多傢伙有那種變態想法。而且那些傢伙，全都以爲我會輕易讓他們那樣做。不過，偏偏，沒那麼便宜。」

「我搞不太清楚。」薩姆沙說。「如果讓妳覺得不愉快的話，很抱歉。我向妳道歉。請原諒。我沒有惡意。因爲病了一場，所以很多事情我還搞不清楚。」

女孩子又再嘆氣。「啊，沒關係，我知道了。」她說。「你的頭腦有一點遲鈍喔。不過只有雞雞倒是很有元氣。沒辦法喔。」

「很抱歉。」薩姆沙道歉。

「不用啦。唉。」女孩子放棄似地說。「我們家有四個不爭氣的哥哥，這種事情我從小到大看太多了。取笑他們，還會故意讓你看。都是個性惡劣的傢伙。所以要說習慣我已經很習慣了。」

於是彎下身體把地板上排列的工具一一收拾好，把壞掉的鎖用奶油色絨布捲起來，和工具一起寶貝地收進黑色布包裡。然後拿著那布包站起來。

「這鎖我帶回家去。請跟您的父母這樣說。在我們家修理，要不然就只能換成全新的。不過要買新的，暫時可能有困難。您父母回來先這樣告訴他們。明白嗎？記得住嗎？」

記得住，薩姆沙說。

女孩子先慢慢走下樓梯，薩姆沙跟在後面慢慢走。兩個人下樓梯的姿勢剛好成對比。一個是接近四肢著地的樣子，另一個則不自然地把身體朝後彎似的，雖然如此，兩人幾乎以相同的速度朝樓下走。在那之間，薩姆沙也努力消除「隆起」，卻很難恢復原來的樣子。尤其從後面看著她走路的模樣時，他的心臟就發出乾乾硬硬的聲音。從那裡猛烈送出熱熱的新鮮血液，執拗地維持著他的「隆起」。

「剛才也說過了，本來應該是由我父親或哥哥中的一個到這裡來的。」女孩在大門口說。「不過因爲街上到處是持槍的軍隊，到處有大戰車固守著。尤其每座橋都有檢查哨，很多人被拉到不知道什麼地方去了。所以我們家的男人不可能外出。一旦被發現被帶走，就不知道什麼時候才能回來。危險得不得了。所以才派我來出差。我一個人穿過布拉格的街道走來。如果是我的話，大概誰也不會干涉。這樣的我偶爾也有用處啊。」

「戰車？」薩姆沙恍惚地重複。

「很多戰車喔。裝有大砲和機關槍的那種。」她這樣說完，指著薩姆沙長袍的隆起。「你的大砲也相當壯觀，不過是比那更大更硬更凶暴的傢伙喔。但願你的家人都能平安回來。大家都到哪裡去了，老實說連你也不知道吧？」

薩姆沙搖搖頭。不知道去哪裡了。

「不能再見妳嗎？」薩姆沙鼓起勇氣問。

女孩子慢慢彎過脖子，懷疑地仰望薩姆沙的臉。「你，還想再見到我嗎？」

「是啊，我想再見妳一面。」

「你的雞雞就那樣站著嗎？」

薩姆沙再看一眼那隆起。「我無法適當說明，不過我想這是和我的心情無關的事。這可能是心臟的問題。」

「哦。」女孩佩服似地說。「心臟的問題嗎？這是相當有趣的意見。我還是第一次聽到呢。」

「因爲我對這個一點辦法都沒有。」

「所以你是說這跟fuck沒關係嗎？」

「我沒有想fuck的事。眞的。」

「雞雞那樣變大變硬，和想fuck不同，只因爲心臟的關係。換句話說，你想這樣說嗎？」

薩姆沙點點頭。

「你能對神這樣發誓嗎？」女孩說。

「神？」薩姆沙說。那個單字他也沒聽過。他就那樣保持沉默一會兒。

女孩無力地搖搖頭。然後身體再度動來動去立體地扭動，調整胸罩的錯位。「唉，神的事就算了。神一定在幾天前離開布拉格了。可能有甚麼重要的事吧。所以把神的事忘掉吧。」

「還能跟妳見面嗎？」薩姆沙重複說。

女孩揚起一邊眉毛。然後臉上露出眺望遠方薄霧籠罩的風景般的表情。

「你是說還想見我嗎？」

薩姆沙默默點點頭。

「見面要做什麼？」

「我想兩個人慢慢談話。」

「例如談什麼？」女孩問。

「各種事情，很多事情。」

「光談話嗎？」

「我有很多事情想問妳。」薩姆沙說。

「關於什麼？」

「關於這個世界的成立。關於妳。關於我。」

女孩想了一下這些。「不是只想把那個塞進那裡，或那一類的嗎？」

「不是那樣。」薩姆沙明白地說。「光是我跟妳，我覺得就有很多非談不可的事不是嗎？關於戰車、關於神、關於Bra、關於鎖。」

兩人之間有一陣子落入深深的沉默。聽得見有人拉著貨車般的東西從門前經過的聲音。有點令人窒息的不祥聲音。

「不過，怎麼辦呢？」女孩子慢慢搖頭一邊說。但她的聲音已經不像剛才那麼冷淡了。「您對我來說教養太好了。您的父母親一定不會歡迎寶貝兒子跟像我這樣的女孩交往。而且現在這地方，街上到處充滿了外國戰車和軍隊。誰也不知道未來會變怎麼樣，會發生什麼事。」

未來會怎麼樣，那種事當然薩姆沙也不知道。未來的事不用說，現在的事，過去的事，他也幾乎無法理解。連衣服該怎麼穿都不清楚。

「總之幾天後，我想還會到府上來，」女孩說：「帶著鎖喔。如果修好了我會帶來，如果不能修了，也會帶來還你們。也需要收車馬費呀。到時候如果您在家的話，我們就還能見到面。雖然我不知道能不能慢慢談世界的成立方式。不過不管怎麼樣，在您的父母面前最好把那隆起隱藏起來比較好喔。在一般人的世界，那種東西堂堂在別人眼前亮出來，人家是不太會誇獎的。」

薩姆沙點點頭。雖然不知道該怎麼做才能巧妙地把那隱藏起來不被別人看到，不過那以後再想就行了。

「不過很奇怪喲，」女孩子深思熟慮地說：「世界本身已經這樣正在崩潰了，還有人在乎鎖壞了，也有人規規矩矩地來修理。試想起來也真奇怪。您這樣覺得吧？不過啊，也許這樣很好。或許很意外那竟然是正確的喔。就算世界現在正要崩潰了，那些事情該有的細微方式還能照樣孜孜不倦規規矩矩地維持下去，人類總算才能保持正常的精神吧。」

女孩又再大大地扭轉脖子，注視薩姆沙的臉。一邊眉毛用力地抬起來。然後她開口說：「不過，也許我多管閒事，那二樓的房間到目前爲止到底是做什麼用的？爲什麼沒放任何家具的房間還裝了這麼牢固的鎖，那壞了，您的父母爲什麼那麼在意？而且爲什麼窗戶要釘上那樣堅固的木板呢？那裡關過什麼，或有那類的事情嗎？」

薩姆沙沉默著。如果有誰，有什麼曾經被關在那裡的話，那就是我自己，沒有別人。不過自己爲什麼非要被關在那個房間不可呢？「不過，問你這些事情可能也沒有用吧。」女孩子說。「我差不多該回去了。回去晚了家人會擔心。能不能安全地穿過街上，請幫我祈禱吧。但願軍隊能放過可憐的駝背女孩。但願他們之中沒有喜歡變態fuck的傢伙。因爲被fuck的只要這條街就夠了。」

我會祈禱。薩姆沙說。雖然他不太能理解，變態fuck是怎麼回事，祈禱又是怎麼回事。

然後女孩子以背折成兩半的模樣，手提著沉重的黑色布包，走出大門。

「還可以再見到妳嗎？」薩姆沙最後再問一次。

「如果一直想著，想見誰的話，有一天一定能再見到。」女孩說。現在那聲音帶有一點溫柔的感覺。

「要小心那些鳥。」格里高爾．薩姆沙朝著她彎曲的背出聲說。

女孩子轉過身來點點頭。那歪向一邊的嘴唇看起來好像稍稍微笑了一下。

鎖匠的女兒朝前方深深彎著身子，走過鋪著卵石的路，薩姆沙透過窗簾的縫隙眺望著。她走路的動作猛一看顯得很不自然，但速度卻不可輕視地快。那姿勢在薩姆沙的眼裡看來一舉一動都顯得非常迷人。簡直就像豉蟲在水面滑溜溜地滑行那樣。那走路的姿勢，怎麼看都比用兩腳不安定地走，要自然而合理多了。

看不見她的身影，過一段時間後，他的生殖器再度變軟變小了。一時的激烈隆起在不知不覺之間已經消失。現在那在兩腳之間安穩而無防備地，像無罪的水果般低垂著。一對睪丸也在袋子裡慢慢休息。他把長袍的帶子重新繫好，在餐廳的椅子上坐下，喝了剩下的冷掉的咖啡。

這裡的人不知去哪裡了。雖然不知道他們是什麼樣的人，不過大概應該就是他的家人。他們因爲某種原因，突然離開這裡。而且可能不會再回來。世界正在崩潰——格里高爾．薩姆沙不明白那意味著什麼。也無法推測。外國的軍隊、檢查哨、戰車……一切都包在謎中。

他知道的只有，自己的心希望能再度見到駝背的女孩這件事而已。非常想見。想要兩個人面對面，盡情地談話。想要兩個人一點一點逐漸解開這個世界的謎。想從各種角度眺望看看，她動來動去立體地轉動身體調整胸罩的動作。而且如果可能，希望能用手摸摸看她身體的每個地方。想用指尖去感覺看看她肌膚的觸感和溫度。而且想和她一起並肩走上和走下全世界的各種樓梯看看。

想到她，想起她的姿勢時，胸腔深處便微微溫暖起來。而且對於自己不是魚或向日葵的事漸漸開始覺得開心起來。要用兩隻腳走路，要穿衣服，要用刀子和叉子用餐，確實非常麻煩。在這個世界，不能不學的事情實在太多了。但如果自己不是變成人，而是變成魚或向日葵的話，大概無法感覺到這樣不可思議的心的溫暖。有這種感覺。

薩姆沙在那裡長久一直閉著眼睛。一個人像靠近柴火般安靜地感受那溫暖。然後下定決心站起來，拿起黑色手杖，走向樓梯。再度走到二樓，想辦法學會穿衣服的正確方法。這是他首先不做不行的事。

這個世界正等著他去學習。

沒有女人的男人們

半夜一點過後，電話打來，把我叫醒。深夜的電話鈴聲總是粗暴的。聽起來好像有人想用粗暴的金屬工具破壞世界似的。身為人類的一員，我不得不阻止。因此從床上起來走到客廳，拿起聽筒。

男人低沉的聲音向我告知，一個女人從這個世界永遠消失了。聲音的主人是她丈夫。至少他是這樣自稱的。然後說：內人在上星期三自殺了，不管怎麼樣，我想還是必須通知一下才行，他說。不管怎麼樣。就我所聽到的，他的口氣中不含一滴感情。就像為電報所寫的文章那樣。字與字之間幾乎沒有留白的餘地。純粹的告知。無修飾的事實。句號。

對那個我說了什麼呢？應該說了什麼，但想不起來。不管怎樣，接著有一陣沉默。好像兩個人從兩頭探看道路正中央豁地陷落的深穴般的沉默。然後對方就那樣，什麼也沒說地掛斷電話。像把容易損壞的美術品輕輕放在地板上那樣。在那之後我暫時站在那裡，手上沒什麼特別用意地握著聽筒。身上是白色T恤和藍色平口褲的模樣。

不知道他為什麼知道我。難道她是以「以前的男朋友」把我的名字告訴丈夫的嗎？為了什麼？還有他是怎麼知道我家電話號碼的（電話簿上沒有刊載）。而且到底為什麼是我呢？為什麼做丈夫的非要特地打電話給我，告訴我她死了不可呢？我實在不認為她會留下遺書要求幫她這樣做。我跟她交往是很久以前的事了。而且分手之後一次也沒見過面。連電話也沒打過。

不過算了，那都無所謂。問題是他對我沒有做任何說明。他認為妻子自殺了必須通知我才行。而且不知從哪裡拿到我家的電話號碼。但認為沒有必要給我更詳細的訊息。故意把我放在知與無知的中間點，似乎是他的意圖所在。為什麼？為了讓我思考什麼嗎？

例如什麼？

我不知道。只有問號的數目繼續增加下去而已。就像小孩在筆記簿上隨手一直蓋上橡皮章那樣。

因此，我到現在還不知道她為什麼自殺，是選擇什麼樣的方法斷絕生命的。想查個清楚，也無從查起。我既不知道她住在哪裡，這麼說來，連她結婚的事都不知道。當然也不知道她新改的夫姓（男人在電話上也沒報姓名）。到底結婚多久了？有孩子（們）嗎？

不過我把她丈夫在電話中所說的話，就以那樣的形式聽取了。並沒有懷疑。跟我分手後，她也在這個世界繼續活著，跟誰（可能）墜入情網，和那個對象結婚，然後在上星期三因爲某種理由，採取某種方法，自己斷絕生命。不管怎麼樣。他的聲音中確實有和死者的世界深深聯繫的東西。在深夜的寂靜中，我可以聽出那鮮明的聯繫。緊繃的繩子的張力，也可以看到那銳利的光芒。在這層意義上——姑且不提那是否在意圖之下——半夜一點過後打電話來，這件事對他來說是正確的選擇。如果是下午一點的話，大概就不會這樣了。

我終於放下聽筒回到床上時，妻子也醒了。

「是什麼電話？誰死了？」妻子說。

「沒有誰死了。打錯電話。」我說。以一種很睏似的，拉長的聲音。

不過當然她不會相信那樣的話。因爲我的聲音裡也含有死者的氣息。剛剛死的人所帶來的動搖，擁有強烈的感染性。那化爲細細的震顫經由電話線傳過來，讓語言的聲音變形，使世界和那震動同步。但妻子沒再多說什麼。我們躺在黑暗中，一邊側耳傾聽著周遭的寂靜，一邊各自尋思。

就這樣，她是我過去所交往的女人中，走上自殺這條路的第三個。試想起來，不，當然不必一一去想，致死率也相當高。我實在難以相信。因爲我畢竟沒有跟那麼多女性交往。爲什麼她們年紀輕輕，就這樣接二連三地自絕性命呢？難道不絕不行嗎？我完全無法理解。但願那不是因爲我。但願那與我無關。或者但願她們沒把我想成是目擊者，或紀錄者。我眞的打心裡這樣想。而且，該怎麼說才好呢，她——那第三個的她（沒有名字不方便，在這裡姑且稱爲M）——怎麼想都不屬於會自殺的類型。因爲M應該經常受到全世界強壯的水手保護著，守護著。

M是什麼樣的女人、我們是什麼時候在什麼地方認識的、做了什麼樣的事情，關於這些我無法具體說。雖然很抱歉，但如果說清楚的話，現實上會造成很多麻煩。恐怕會給周圍（還）活著的人帶來困擾。因此以我來說，只能在這裡寫道，很久以前曾經有過一段時期，我跟她非常親密地交往過，但有一次因爲某種原因就分開了。

老實說，我把M想成是我十四歲時所遇見的女孩。實際上並不是，不過至少在這裡我想這樣假設。我們十四歲時在初中的教室裡相遇。我記得是在生物課時。菊石啦、空棘魚啦，總之是這種話題。她坐在我旁邊的座位。我說：「我忘了帶橡皮擦，如果妳有多的可以借我嗎？」她把自己的橡皮擦切成兩半，一半給我。微微笑一下。於是我名副其實在一瞬之間就對她一見鍾情了。她是我過去所見過的女孩子之中最美的一個。總之我當時這樣想。我想把M當成那樣的存在來掌握。我們就是這樣，在初中的教室第一次遇見的。菊石啦、空棘魚啦，被這類東西悄悄壓倒性地牽線。因爲這樣一想時，很多事情都可以非常順利地弄清楚。

我十四歲，像剛做好的什麼般健康，當然每次吹起溫暖的西風時便會勃起。總之是那樣的年齡。不過她並沒有讓我勃起。因爲她輕易就凌駕過所有的西風。不，不只是西風而已，她出色得足以平息從四面八方吹來的，所有的風。在那樣完美的少女面前，怎麼可能隨便邋遢地勃起呢？遇見讓我擁有這種心情的女孩，有生以來還是第一次。

我感覺那是我和M最初的相遇。其實並不是這樣，不過這樣想時，事情可以巧妙地聯繫起來。我十四歲，她也十四歲。那是對我們來說，眞正正確的邂逅年齡。我們眞的是應該那樣相遇的。

不過後來，M不知何時消失了蹤影。到底去哪裡了？我失去了M。因爲什麼原因，我稍微看了一下旁邊，她就趁隙離我而去。剛才還在那裡的，一留神時，她已經不在了。大概是被哪裡的狡猾水手誘拐，帶往馬賽或象牙海岸去了。我的失望比他們所渡過的任何大洋都更深。比藏匿任何大烏賊，任何海龍的海都更深。我開始深深討厭自己這個人。開始不相信任何事情。這是怎麼回事！我明明那樣喜歡M。明明那樣珍惜她。明明那樣需要她。爲什麼我還要看旁邊呢？

不過反過來說，M從此之後無所不在。到處都可以看到她。她包含在各種場所中，包含在各種時間裡，包含在各種人之中。我知道。我把半個橡皮擦放進塑膠袋，經常珍惜地隨身攜帶。簡直像某種護身符似的。像測度方位的羅盤般。只要那個在口袋裡，或許有一天，就能在世界的某個地方，再找到M。我這樣相信。她只是被水手世故的甜言蜜語所騙，被帶上大船，被帶到遠方去了而已。因爲她是一個經常想要相信什麼的人。因爲她是會把新的橡皮擦毫不猶豫地切成兩半，把一半給出來的人。

我在各種地方，從各種人身上，想盡量得到她行蹤的蛛絲馬跡。但當然那都只是片段而已。無論收集多少，片段就是片段。她的核心經常像海市蜃樓般逃走。而地平線則無限延伸。水平線也一樣。我追著那個忙著繼續移動。到孟買、到開普敦、到雷克亞維克、再到巴哈馬。我巡遍所有擁有港口的都市。但我每次跋涉到那裡時，她都已經消失蹤影。凌亂的床上還略微留有她的體溫。她圍過的渦紋圍巾，依然還披在椅背。正在讀的書還放在桌上，書頁翻開地覆蓋著。浴室晾著半乾的絲襪。但她已經不在了。全世界機靈的水手嗅出我的氣味，快速把她帶到什麼地方去，藏起來。當然我那時已經不是十四歲了。我曬得更黑、變得更強壯。鬍子也變濃，分得出隱喻和明喻的差別。但我的某部分，依然不變還是十四歲。而且我那永遠十四歲的一部分，正耐心地等待溫柔的西風撫摸我無垢的性器。吹那種西風的地方，M一定會在那裡。

這就是對我而言的M。

不是能安於一個場所的女人。

但也不是會斷絕自己生命的類型。

我在這裡到底想說什麼，自己也不太清楚。我大概想寫本質而不是事實吧。但寫不是事實的本質，就像在月球背面跟誰約好見面那樣。黑漆漆的，也沒有標誌。何況太遼闊了。我想說的是，總之M是我十四歲時應該墜入情網的女孩這件事。但我實際上和她開始戀愛是很久以後的事，那時候她（很遺憾）已經不是十四歲了。我們相遇的時期錯了。就像搞錯了約會的日期那樣。時間和地點是對的。但日期不對。

不過在M的心中，也還住著十四歲的少女。那少女以一個整體——而絕不是部分——存在她心中。非常注意地凝視時，我可以一閃一閃地窺見M心中那少女來來回回的姿態。在和我交合的時候，她在我的臂彎裡有時非常老，有時變成少女。她就像那樣經常在個人性的時間中來回穿梭。我喜歡那樣的她。我在那樣的時候，會盡情用力抱緊M，讓她覺得痛。我可能有點過分用力。不過不可能不那樣。因爲我不能讓那樣的她到任何地方去。

不過當然我再度失去她的時候來臨了。因爲全世界的水手都在盯著她，伺機而動。不可能憑我一個人保護她。任何人都會有眼光片刻離開的時候。不能不睡覺，不能不上洗手間。浴缸也不能不洗。洋蔥得切，四季豆的蒂得摘。汽車輪胎的胎壓也必須檢查。於是我們終於各分東西。或者說，她離開了我。其中當然有水手明確的影子。那本身是單身的，像滑溜溜爬上大樓牆壁的濃密而自律的影子。浴缸和洋蔥和胎壓，只不過是那影子像圖釘般到處撒開的隱喻的片段而已。

她走掉後，一定沒有人知道，我當時有多懊惱、多消沉地掉落深淵。不，沒有理由知道。因爲連我自己都想不太起來。我有多痛苦？我的心有多痛？如果這個世界有可以簡單而正確地測量悲哀程度的儀器就好了。如此一來就可以化爲數字留下來了。如果那儀器的大小能放在掌心的話就更沒話說了。我每次在測量輪胎的胎壓時，就會這樣想。

而結果，她竟然死了。半夜的電話告訴我那件事。雖然那場所、手段、理由，和目的，我都不知道，不過總之M決定自己了斷生命，並付諸行動。而且（恐怕）已經從這現實世界安靜地退出了。就算全世界的水手都一起，用盡他們所有巧妙的甜言蜜語，都已經無法把M從深深的黃泉之國解救——或誘拐——出來了。如果在更深夜靜時注意傾聽的話，想必您也一定能聽見那遠處水手們的哀悼歌聲吧。

而且隨著她的死去，我覺得好像已經永遠失去十四歲時的自己了。就像棒球隊的背號永久缺號那樣，十四歲這個部分已經被人從我的人生連根拔走了。那被收在某個地方堅固的保險箱裡，上了複雜的鎖，沉入海底了。可能在往後的十億年，那門都不會打開。由菊石和空棘魚沉默地守護著。絕妙的西風也已經完全靜止下來。全世界的水手都衷心哀悼著她的死。而且全世界的反水手也一樣。

被告知M的死時，我感覺自己是世界上第二孤獨的男人。

世界上第一孤獨的男人，一定是她的丈夫沒錯。我把那個位子爲他保留。我不知道他是個什麼樣的人物。年紀多大，在做什麼，或沒做什麼，我完全沒有資訊。我知道他的只有一件事，只有聲音低沉這件事而已。不過聲音低沉並沒有告訴我任何有關他的具體事實。他是水手嗎？或者是對抗水手的人？如果是後者的話，他就是我的同胞之一了。如果是前者的話……即使如此我還是同情他。我想，但願我能爲他做點什麼。

然而我卻無從接近那位過去的她的丈夫。既不知道他的姓名，也不知道他住的地方。或許他已經失去名字和場所了。因爲畢竟他是世界上最孤獨的男人。我在散步途中，在獨角獸的雕像前坐下（我經常散步的路線，擁有這座獨角獸雕像的公園），一邊眺望著冷冷的噴水池，經常想起那個男人。而且以我的處境來想像，身爲世界上最孤獨的人是怎麼一回事。我已經知道身爲世界上第二孤獨的人是怎麼一回事了。但還不知道身爲世界上第一孤獨的人是怎麼一回事。世界上第二孤獨，和世界上第一孤獨之間有一道鴻溝。可能。不但深，而且幅度也寬得可怕。從一邊到另一邊無法飛越，由於力竭而中途跌落的許多鳥的屍骸，在谷底已到了堆積如山的地步。

有一天，你突然成爲沒有女人的男人們之一。那一天沒有人給你絲毫預告或暗示，也沒有預感或蟲的告知，沒有敲門或乾咳，突然就來造訪你。你知道只要轉過一個彎，自己已經在那裡。但已經無法退回了。一旦轉過那個彎，那對你來說，就成爲唯一的世界了。在那個世界你會被稱爲「沒有女人的男人們」。到哪裡都是冷冰冰的複數形。

成爲沒有女人的男人們到底是多麼悽慘的事、多心痛的事，那是只有沒有女人的男人們才能理解的。失去絕妙的西風。十四歲永遠——十億年大概是接近永遠的時間——被剝奪。聽得見遠方水手們憂傷痛苦的歌聲。菊石和空棘魚一起沉潛在黑暗的海底。半夜一點過後打電話到誰家。半夜一點過後有誰打電話來。在知與無知的中間地點和陌生對象相約見面。一邊測量胎壓，一邊在乾乾的路上落淚。

總之在那獨角獸的雕像前，我祈禱他有一天能重新站起來。祈禱他只有眞正重要的事情——我們碰巧稱那爲「本質」——不要忘記，其他大部分附屬性的事實，能夠好好忘掉。我想最好是連自己已經忘掉的這件事都能忘掉更好。我眞心這樣想。不簡單吧。因爲世界上第二孤獨的男人，竟然體貼世界上第一孤獨的（連見都沒見過的）男人，並爲他祈禱啊。

不過他爲什麼特地打電話到我這裡來呢？絕對不是在責備他，我只是純粹地，說起來是根源性地，到現在還繼續懷有那個疑問。爲什麼他會知道我呢？爲什麼他會在意我呢？答案可能很簡單。M曾經對她丈夫提起過我，我的什麼。只能想到這個。她對他說了我的什麼事情，則無從猜測。作爲過去的戀人，我這個人到底擁有什麼値得一提的價値，或任何意義（可以特地對丈夫提的）？那是和她的死有關係的重大事情嗎？我的存在是否在她的死之上投下某種影子？或許M把我性器的形狀之美告訴丈夫了也不一定。她在午後的床上，經常觀賞我的陰莖。就像珍愛印度王冠上所鑲的傳說中的珠寶那樣，寶貝地放在手心，她說：「形狀好美。」雖然我不知道那是否眞的這樣。

因爲那個，M的丈夫打電話給我嗎？爲了對我的陰莖形狀表達敬意，而在半夜一點多打來。怎麼會？不可能有這種事。而且我的陰莖怎麼看都是不起眼的東西。說得好聽是很普通。試想起來，M的審美眼光從以前就常常令我不敢苟同。她總是擁有和其他人相當不同的奇怪價值觀。

可能（我畢竟只能想像而已）她把自己在初中的教室，給我一半橡皮擦的事告訴丈夫了。沒有什麼其他意思，也沒有惡意，只當是一件非常平常的微小回憶而已。不過，不用說，聽到這話的丈夫卻嫉妒了。就算M過去曾經和兩輛巴士的水手發生性行爲，比較之下我所得到的半個橡皮擦讓他所感到的嫉妒應該來得更激烈吧。這不是當然的事嗎？兩輛巴士的強壯水手算得了什麼嘛！M和我兩個人畢竟都是十四歲，想當年，我可是光是吹起西風就會勃起的。對那樣的對象把新橡皮擦切一半分給他，事情可不得了。就像把一打老舊倉庫獻給巨大的龍捲風那樣。

我從此以後，每次經過獨角獸的雕像前面，就會暫時在那裡坐下來，思考有關沒有女人的男人們的各種事情。爲什麼是那個場所呢？爲什麼是獨角獸呢？說不定那隻獨角獸，也是沒有女人的男人們中的一員也不一定。因爲我從來沒看過雌雄成對的獨角獸。他——是他不會錯——總是一個人，把尖銳的角氣勢雄壯地朝天刺出。或許我們應該把他當成沒有女人的男人們的代表，當成我們所背負的孤獨的象徵。或許我們應該把獨角獸造型的徽章別在胸前和帽子上，到全世界的馬路上安靜地遊行。沒有音樂、沒有旗幟、也沒有空中飛舞的彩色紙屑。大概（我用太多大概這字眼了。大概）。

要成爲沒有女人的男人們非常簡單。深愛一個女人，然後只要她到不知道什麼地方一去不回就行了。大多的情況（正如您所知道的），把她帶走的是狡猾的水手。他們擅長花言巧語地引誘女人，手腳快速地把她們帶到馬賽啦、象牙海岸等。對這個，我們幾乎束手無策。或許和水手無關，她們是自己斷絕生命的。關於這點，我們也幾乎束手無策。連水手都束手無策。

無論哪一邊，你就那樣成爲沒有女人的男人們。就在轉眼之間。而且成爲沒有女人的男人們一次之後，那孤獨的色彩會深深染進你的體內。就像淺色調的地毯被濺出的紅葡萄酒染色那樣。不管你擁有多豐富的家政學專門知識，要去除那染上的色斑都是極困難的作業。或許隨著時間的過去顏色會稍微褪色，但那色斑恐怕到你斷氣爲止，都會永遠留在那裡。那擁有色斑資格，有時甚至可能擁有身爲色斑的公眾發言權。你只能隨著那顏色的緩慢移動，隨著那多義性的輪廓，共度餘生。

在那個世界聲音的響法不同。喉嚨的渴法不同。鬍子的長法不同。星巴克店員的應對方式不同。克里福特·布朗的獨奏聽起來也不同。地下鐵的門關閉方式不同。從表參道走路到青山一丁目的距離也會相當不同。就算後來遇見新的女人，就算她是多麼美好的女人（不，越是美好的女人），你從那個瞬間已經開始想到失去她的事了。水手賣弄玄虛的影子，他們口中說出的外國語腔調（希臘語？愛沙尼亞語？他加祿語？）讓你不安。全世界異國情調的港口名字讓你害怕。因爲你已經知道，成爲沒有女人的男人們是怎麼一回事了。你既是淡色調的波斯地毯，而孤獨則是去除不掉的波爾多葡萄酒的色斑。孤獨就這樣從法國運來，傷痛從中東帶來。對沒有女人的男人們來說，世界是廣大而痛切的混合，完全和月球背面一模一樣。

我和M交往了大約兩年。不是多長的期間。不過卻是很沉重的兩年。也可以說，只有兩年。或說度過兩年漫長的歲月。當然依看法的不同而改變。雖說**交往過**，但我們見面一個月也不過才兩次或三次。她有她的事情，我有我的事情。而且很遺憾，那時候我們已經不是十四歲了。這各種情況，最後終於讓我們無法再繼續下去。爲了不讓她離開，不管我多用力擁抱，水手濃密的陰影，依然撒落隱喻的尖銳圖釘。

我到現在依然最記得M的，是她喜歡「電梯音樂」的事。就像電梯裡經常播放的那種音樂——也就是像帕西·費斯（Percy Faith）、曼托瓦尼（Annunzio Paolo Mantovani）、雷蒙·拉斐爾（Raymond Lèfevre）、法蘭克·查克斯菲爾德（Frank Chacksfield）、法蘭西斯·雷（Francis Lai）、１０１管弦樂團（101 Strings Orchestra）、保羅·莫里亞（Paul Mauriat）、比利·沃恩（Billy Vaughn）之類的音樂。她宿命性地喜歡這種（讓我說的話）無害的音樂。極其流麗的弦樂器群，舒服地浮上來的木管樂器，裝有弱音器的金管樂器，溫柔撫慰人心的豎琴聲。絕對不會亂掉的迷人旋律，糖果般口感美好的和聲，回聲適度調好的錄音。

我一個人在開車時，經常聽搖滾或藍調。德瑞克與骨牌合唱團（Derek and the Dominos）、奧蒂斯．雷丁（Otis Redding）、門戶樂團（The Doors）等。不過M絕對不讓我播放這些。她經常都把一打左右的電梯音樂裝在紙袋裡帶來，把那從頭到尾播放。我們幾乎漫無目的地開車到處兜風，在那之間她會和著法蘭西斯．雷的〈白色戀人〉靜靜地動著嘴唇。擦了淡淡口紅的美麗性感嘴唇。總之她有一萬卷左右的電梯音樂錄音帶。而且擁有關於全世界無罪音樂的龐大知識。幾乎到了可以開「電梯音樂博物館」的地步。

做愛時也一樣。經常放電梯音樂。我一邊抱著她，也不知到底聽了多少次帕西．費斯的〈夏日之戀〉。坦白說出這種事有些羞恥，不過我現在一聽到這些曲子時，還會感到性的衝動。呼吸會稍微急促，臉開始熱起來。一聽到帕西．費斯的〈夏日之戀〉開頭的旋律，就會性衝動的男人，找遍全世界可能只有我一個吧。不，或許她的丈夫也一樣。那空間暫時保留吧。一邊聽著帕西．

費斯的〈夏日之戀〉一邊性衝動的男人，找遍世界大概（包括我）只有兩個人。我這樣改口。可以。

空間。

「我會喜歡這種音樂呀，」有一次M說：「總之是因爲空間的問題。」

「空間的問題？」

「也就是說，聽這種音樂時，會覺得自己好像在一個什麼都沒有的空曠空間。那裡真的非常寬闊，沒有所謂隔間、沒有牆壁，也沒有天花板。而且在那裡我可以什麼都不想，可以什麼都不說，可以什麼都不做。只要在那裡就行了。只要閉上眼睛，讓身體沉醉在美麗的弦樂音響中就行了。既沒有頭痛、沒有手腳冰冷的毛病、沒有生理和排卵期，在那裡一切都是美麗的、舒服的、流暢的。除此之外一無所求。」

「像在天堂一般？」

「對，」M說：「我想在天堂，背景音樂一定是播放著帕西・費斯的音樂。嘿，再多幫我摸摸背好嗎？」

「好啊，當然。」我說。

「你好會摸背喲。」

我和亨利．曼西尼（Henry Mancini）面面相覷，沒讓她知道。嘴角浮起微微的笑。

我當然也失去電梯音樂了。每次一個人開車時就這樣想。在等紅綠燈時，我會想會不會有個不認識的哪裡來的女孩子忽然打開車門坐進副駕駛座，什麼也沒說，也不看我的臉，就把有〈白色戀人〉的卡式錄音帶，擅自爲我插進汽車音響裡？我甚至在做這樣的夢。但當然不會發生這種事。首先已經沒有卡式錄音帶播放器了。我現在開車時，是將USB連接線接上iPod聽音樂的。而且當然裡面並沒有法蘭西斯．雷和101管弦樂團。倒有街頭霸王（Gorillaz）、黑眼豆豆（The Black Eyed Peas）。

失去一個女人，說起來就是這麼回事。而且有時候，所謂失去一個女人，也等於失去所有的女人。就這樣我們變成沒有女人的男人們。我們也失去帕西．費斯和法蘭西斯．雷和101管弦樂團。失去菊石和空棘魚。當然也失去她迷人的背。我邊聽著亨利．曼西尼所指揮的〈月河〉，邊和著那三拍子，用手掌一直撫摸著M的背。我的知心好友（My huckleberry friend）。在河流轉彎處等著（waiting 'round the bend……）。不過那些東西終究消失了。剩下的只有半塊古老的橡皮擦，和遠方傳來的水手的悲歌而已。還有當然噴水池旁邊，孤獨地仰角朝天刺出的獨角獸。

但願M現在在天國——或和那類似的地方——正聽著〈夏日之戀〉。但願在那沒有阻隔的，空曠地方被音樂溫柔地包圍著。但願沒有播放Jefferson Airplane搖滾樂團的音樂（神大概沒有那麼殘酷吧。我這麼期待）。而且但願她一邊聽著〈夏日之戀〉的小提琴撥弦，偶爾會想起我。但我不能祈求太多。我祈禱就算沒有我，M在那裡還是能和永遠不朽的電梯音樂一起，共度幸福美滿的生活。

身為沒有女人的男人們中的一員，我衷心這樣祈禱。除了祈禱之外，我好像無法做任何事情。現在。大概。

初出

〈Drive My Car〉　《文藝春秋》二〇一三年十二月號

〈Yesterday〉　《文藝春秋》二〇一四年一月號

〈獨立器官〉　《文藝春秋》二〇一四年三月號

〈雪哈拉莎德〉　《MONKEY》vol.2 SPRING 2014

〈木野〉　《文藝春秋》二〇一四年二月號

〈戀愛的薩姆沙〉　恋しくて——TEN SELECTED LOVE STORIES
《中央公論新社》二〇一三年

〈沒有女人的男人們〉　本書

AI00995

沒有女人的男人們（三版）

作　者—村上春樹
譯　者—賴明珠
編　輯—黃煜智
封面設計—陳恩安
總 編 輯—龔橞甄
董 事 長—趙政岷
出 版 者—時報文化出版企業股份有限公司
108019 台北市和平西路三段二四〇號七樓
發行專線—（〇二）二三〇六六八四二
讀者服務專線—〇八〇〇二三一七〇五
（〇二）二三〇四七一〇三
讀者服務傳真—（〇二）二三〇四六八五八
郵撥—一九三四四七二四時報文化出版公司
信箱—10899 臺北華江橋郵局第 99 信箱
時報悅讀網—http://www.readingtimes.com.tw
思潮線臉書—https://www.facebook.com/trendage
法律顧問—理律法律事務所　陳長文律師、李念祖律師
印　刷—勁達印刷有限公司
初版一刷—二〇一四年十月二十四日
二版一刷—二〇一八年七月二十七日
三版一刷—二〇二二年一月二十一日
定　價—新台幣三九〇元
（缺頁或破損的書，請寄回更換）

時報文化出版公司成立於一九七五年，
並於一九九九年股票上櫃公開發行，於二〇〇八年脫離中時集團非屬旺中，
以「尊重智慧與創意的文化事業」為信念。

沒有女人的男人們 / 村上春樹著 ; 賴明珠譯 . -- 三版 . --
臺北市 : 時報文化出版企業股份有限公司 , 2022.01
面 ;　公分
ISBN 978-957-13-9851-8(平裝)

861.57　　　110021274